U0492186

教改往事

虫安 ◎ 著

北京联合出版公司

有 态 度 的 阅 读

小马过河(天津)文化传播有限公司

目录

1
管教,我要退赃
... 001 ...

2
这个监狱故事,是从烟味儿开始的
... 031 ...

3
致命爱人和她的秘密
... 057 ...

4
卧底狱警的至暗时刻
... 077 ...

5
女监里的向阳花，开出高墙外
... 111 ...

6
答应了这封信，你就是个好人
... 153 ...

7
少年犯篮球队和他们的荣耀时刻
... 173 ...

8
救一个学生，女教师成了毒鬼
... 223 ...

9
三个年轻女犯的狱犬情缘
... 257 ...

教改往事

1

管教,我要退赃

2018年冬天,我和我过去的管教一起,在一家肝病医院里见到了狱警老吴。

老吴挺着个大肚子,面色黑黄,眉心有两道刀刻般的皱纹。见到我后,他看起来很激动,紧握着我的手,先是好生夸赞了一番我的作品,而后又感叹了几句自己当初的文学梦想。

见我有些不知所措,管教便在一旁解释说,老吴住院期间看完了我这两年发表过的所有文章,有些还反反复复地看了好几遍,甚至还做了读书笔记。

我一听就紧张起来,悄声问管教:"该不会又要对我进行思想教育了吧?"

管教拽了我一把,压低了嗓音说道:"老吴肝腹水,活不长了。带你来,就是让他和你聊聊文学,他有这么个梦。"

我心头一紧,方才明白眼前这个病老头的大肚子原来不是胖，而是极恶的病态。管教这才又说："老吴好酒，原本还有7年才退休，酒精却泡烂了他的肝脏，只好提前病退住进了医院。"

说话间，老吴转身从床头柜上端来一盘水果，招呼着我："虫安、夏龙，你两个笔名我都晓得啦，来来来，吃点儿水果。"

我赶紧迎上去，他却又一次握紧我的手。他的手潮红、发烫，有股邪劲儿。我试图挣了一下，竟然脱不开。过了一会儿，老吴松了手，我这才得以把自己的手撤回来。

老吴拉了我一下，悄声说道："虫安啊，明天给我带瓶酒。我晓得你在到处跑题材写作，我给你点儿不一样的故事线索，肯定对你有帮助。"

往后的日子，我大概前后往肝病医院跑了五六趟。

第一次我带去了一瓶五粮液，那是我前女友送给我爸的酒，我拿去雅贿了老吴——当然，也不是次次都这么奢侈，我最后一次见他的时候，是从路边的小门脸里直接抓了一小瓶二锅头。

那天，我人还没进病房，就看到病恹恹的老吴，身体像被输入了一股内力一般，竟然冲到门口来迎我。我们偷偷摸去天台，老吴将酒紧紧抱在怀里，蜡黄的脸就像瞬间活了血。

他的肚子已经很大了，病号服一半的扣子都扣不上了，加上头上又顶着一蓬卷发，从后背看过去，就像妇产科走廊里那些扶腰散步的孕妇。

天台上一阵一阵的大风掠过去，云层前仰后合，天色忽明忽暗。老吴坐在轮椅上，两根手指捏住小二的酒瓶，吱溜一口，再吱溜一口，每口酒都会品上好一会儿。几口酒下肚，他抬头看看我，说，太不经喝，下回捎瓶一斤装的。

我脱了衣服盖在老吴胸口，说："天冷呢，散散酒味儿就回病房吧。医生要查房了。"

老吴品着酒瓶里的残汁儿，吧唧着嘴，问道："跟你讲一个我打算带进骨灰盒的秘密，换瓶一斤装的二锅头，行不行？"

我笑笑说："你这秘密这么廉价，就值当一瓶酒啊？"

老吴苦笑一阵儿，再问："你答不答应吧？"

我说:"别说一斤装的,桶装的我也能给你带,关键你得过医生那关。再说了,喝完了,你回得了病房吗?"

老吴不答,自顾自地说起那个秘密:

20世纪80年代末,老吴当兵提到连长后,便转业回到了地方,经过一番折腾,在当地的监狱谋到了差事。

当时,他分管的监区有个犯人刑满前和人吵架,他赶去现场处置,用橡皮棍抡了那人后背两记,那人当时也没什么大碍,第二天就被释放了。

那人独自坐长途车回家,在车上因为和一个乘客争抢软背座椅,竟把对方打死了。因为他是头天刚出的狱,监狱很快就知道了这一消息。无论是狱警还是老百姓,都认为那人太过残暴。

那段日子,刚参加工作俩月的老吴有点儿魂不守舍,虽然他不了解那人以前的种种劣迹,但他心里有数——那人争抢软背座椅,肯定和他用橡皮棍抡那人的后背致其受伤有关。

老吴跟我说,他很后悔抡那人那两下橡皮棍。

到后来，我也没兑现那瓶一斤装二锅头的诺言，因为此后没多久，老吴就转去市里的医院了。

转院那天，老吴给我发了张照片，是他病床前围着的一圈同事，里面有李管教、张教导员、马科长。这三位我都很熟悉，整整一个冬季，我都针对"故事"的线索对他们进行采访，而老吴则为我提供采访的便利条件。

李管教跟我讲了他在一个厕所内成功完成了的教改工作的故事；张教导员曾负责一项"服刑人员退赃认赔"的活动，他的故事中有位经历特殊的毒贩用最不可思议的方式主动退赃；马科长在监区搞了几十年教改，给一位曾在中华骨髓库捐献过造血干细胞的犯人做通了思想工作，最终让其答应救助一位白血病儿童。同时，他们还积极联系事件中涉及的教改对象，让我得以通过电话采访的方式，最终完善了这些故事。

在老吴的不断引荐下，从狱警视角下获得的教改故事在不断累积着。

我觉得自己挺对不住老吴的，也怪我那当口儿的日子过得实在有些捉襟见肘，不然一定给他多捎几瓶好酒。不过我也知道,老吴不在意这些。他说,希望我尽快把这些故事写出来,他着急看。

1

张教导员是个慢性子,走路外八字。张教导员来探望老吴的那天,和老吴互相开着玩笑,忽然瞥了一眼靠窗而立的我,忙问老吴:"这就是你说的那个作家?"

老吴够到床头柜上的酸奶,递给他一杯,他拦住老吴,回头看着我,慢吞吞地说:"老吴让我跟你讲讲20年前的那桩事,那确实是一桩不错的教改案例。但平心而论,也有着运气成分——人哪那么容易改变观念?他本来就信佛,我所做的事儿,就是把同事们之前做的推波助澜了一把。"

我靠近一些,笑着说:"张教太谦虚,老吴跟我说了个大概,那事儿换谁都感动。有些细节,我还想听您自己讲讲。"

老吴之前给我说，20年前，张教导员和他同在监狱服装厂干管教，不光要管理犯人，还要学习缝纫工艺，琢磨如何保质保量地完成一堆生产订单。那时候的张教导员刚从警院毕业。有一天，教改科领导差了他一桩苦活计，去搬卸一车新电脑机（工业电动缝纫机）。张教导员带了100多号犯人出工，不承想却在狱内主干道遇上了雷雨。那场突如其来的大雨，令他没能完成领导交办的差事，却让一名毒贩完成了灵魂的洗礼。

眼下，病床上的老吴还在到处摸吸管，有点儿吃力，粗喘了一声。张教导员抚了抚他的背，将床头柜上的酸奶移远了些，说老吴不能吃这种小孩子的零嘴儿。老吴顺了顺气，像是想起什么似的，忽然问了一句："那犯人是不是在花瓣上写'佛'字？"

"你记性真不错，那时候电脑机还没来，服装厂的订单都暂停了，接了一单手工塑料花卉的小劳务。"

"跟昨天似的，怎么一晃就20年了。"老吴又叹起气来。

1998年，监狱彻底停了外务劳动，先后开办了服装、箱包、电子厂。张教导员被分在服装厂，管教工作刚上岗没多久,厂里就出事了。

事情不大,就是几批外贸服装的单子搞错了样,工艺上不过关,得返工。新调来的副监狱长分管生产,揪着此事不放,生产大会开了好几次。服装厂的领导挨多了批评,索性在会上诉了番苦,针对设备发了通牢骚,说现有的一批二手机子没效率,产量、质量都没保障。

副监狱长要面子,当即拍板说要买新机器,还让几位发牢骚的领导都立了军令状——半年内生产再搞不上去,就都自觉看大门去。

新机购入之前,厂房调整,老设备要搬空,电路也要重新布置。服装厂停工一周,犯人都被锁在监房里。但劳动改造一天都不能松懈。这一周的空当,管教们必须给犯人们找活儿干。

每日例会上,管教们一起讨论找点什么活儿合适,比如搓二极管、缝皮球等,还有人提议剥大蒜做糖蒜罐头。可是,这些活儿要么破坏卫生,要么存在安全隐患,都不适合在监房劳作。最后大队长提议,不如接一批手工塑料花卉的订单。这活儿又"雅",劳动边角料在逢年过节时还可用来布置室内。

手工制作塑料花需要用胶枪粘花瓣，胶枪通电导热，可以迅速熔化长条胶棒，然后从枪口打出液体胶水。常规的操作方法是给每片花瓣打一滴胶，再用手捏紧，胶水迅速凝固。可犯人中有个叫马乐乐的，在粘花瓣时，偏偏非要用胶枪给每片花瓣上都用胶水写上一个"佛"字，手速还快，一天能粘好几袋花骨朵。但不巧的是，订单里有一批花是"白玫瑰"，胶水凝固后，每个花骨朵上都渗出一个丑陋的"佛"字，跟踩扁的橡皮泥似的。

于是，整个单子被厂方拒收，还被要求索赔。

2

"马乐乐这个独眼怪还和你联系吗？"讲到这里，老吴插嘴问张教导员。

张教导员走去窗口，吐了口痰，摸出口袋里的烟，想起自己在病房里，随即又揣回去了。折回来摇摇头，说:"这都过去多少年了。"

我凑上去问:"马乐乐那只眼怎么瞎的?"

张教导员应该是烟瘾犯了,老吴朝我俩推了推手,示意我们去天台抽烟,他要睡一会儿。

在天台上,我给张教导员点烟,他跟我讲了讲马乐乐的事儿。

当年马乐乐26岁,他的左眼是15岁时弄伤的,做过义眼台手术,装了义眼片,这个大家都知道。之前,张教导员还给他办过二级病残犯证明。

马乐乐的老家在山西,家门口就有运煤的火车道,两边是茂密的杂木林子。一入秋季,枯秃秃的林里就躲着一群偷煤的孩子。他们扒火车,然后从车厢往下铲煤,家长们对此事也是睁一只眼闭一只眼,在觉得危险的同时,也不刻意阻拦孩子们,因为这样冬天家里就能省些煤钱。

孩子们三五成群,分工协作,大点儿的孩子带着铁铲,小点儿的孩子背着麻袋。等拉煤的火车慢悠悠地从铁轨上滑过时,他们就从林子里蹦跶出来,大孩子先将手里的铁铲投掷进车厢,然后猛追到车厢旁,伸手够到车厢沿儿,使劲儿翻进去。在煤堆上站稳之后,便拼力往下铲煤。小孩子就提着麻袋,一路收拾。一趟下来,铁道两旁都是他们的"收成"。也会有家长拉板车过来,将这些"赃煤"运走,挨家挨户分匀。

马乐乐是在15岁那年接过上车铲煤的活儿的。他头一回铲煤十分不顺,翻进车厢时一条腿被挂住了,还没动手,就被一根细小的树枝撂倒了。

那天火车的速度稍微快了点儿,但疯跑的孩子们仍旧能够追上。马乐乐被树枝挑倒在车厢里,一直都没有爬起来,等又有几个孩子爬进车厢找到他时,他的左眼已被一根韧劲儿十足的细枝割开了……

3

我和张教导员回了病房,老吴正打着鼾。张教导员向我做了个手势,示意我们出去聊。我俩正轻手轻脚地准备离开时,老吴醒了,其实他也没睡着,打鼾仅是因为呼吸不畅。

"我们当时给了马乐乐多少钱?"老吴忽然问了一句。

张教导员想了想,伸出3根手指比画了一下:"3000多,零头儿我记不清了。对于当年来说,算是很大一笔钱了。"

我特别不解:是马乐乐把单子弄砸的,怎么监狱反倒要给他钱?

塑料花卉的订单被马乐乐捅了个大娄子,不光管教们生气,犯人们也窝火。生产组组长第一个挨了批评,还被停了"骨干犯"待遇。马乐乐也躲不过处分,在被关禁闭之前,还被生产组组长堵在劳务现场打了一顿。

听见打斗声,张教导员右手扶在武装带上,手指挑开了警用辣椒水的皮套,赶忙去制止,罚他们俩蹲在警务台旁反省。

马乐乐圆头圆脸,个子不高,刚一蹲下,就露出半个黑乎乎的屁股。张教导员正要掏手铐押他去禁闭室,生产组组长却一下又跳起来,一脚踹趴了马乐乐。两人旋即又扭打了起来。张教导员看拦不住,只得调整了警用辣椒水的喷头,瞄准生产组组长的眼睛喷了过去。没想到,辣椒水擦着生产组组长的耳根,竟射中了马乐乐的左眼。不一会儿,马乐乐的眼眶已肿得像被马蜂蜇过似的,紧闭着双眼,嚷嚷着要洗眼睛。张教导员赶忙派了两个"骨干犯",让他们搀着马乐乐去了卫生间。

等从卫生间出来之后,马乐乐就说自己的义眼片丢了,不是在打架过程中弄丢的,就是在清洗眼睛时弄丢的。一群人给他找了半天都没找到。末了,马乐乐坚称,义眼片肯定是被人捡走了,而且恶意不还。他要向驻监检察院写信——因义眼片价值昂贵,必须得给他个交代。

管教们自然不相信他的一面之词,那么混乱的场面,什么事都没谱;况且当年监狱的硬件设施不完备,不像现在,任何地点都确保监控无死角。

张教导员认真查了、审了,末了还是没找到马乐乐的义眼片。

张教导员说,马乐乐的那枚义眼片挺高级的,薄薄的、滑滑的一小丁点儿东西,遇上自来水一冲,很容易滑入下水道。为了确认自己的分析，他带着基建队的犯人敲烂了卫生间的盆台，生怕这物件贴在了犄角旮旯里。可是最终还是竹篮打水一场空。

其实，按常规处理方式，在管教查找无果后，只能马乐乐自认倒霉。但当时正赶上临近"6·26国际禁毒日"，省局要让马乐乐出镜拍禁毒宣传节目，这事儿没法儿搪塞过去。如若找不回义眼片，马乐乐是坚决不肯面对镜头的。

按严管程序，张教导员找马乐乐谈话教育。

禁闭室里，马乐乐正在床铺上打双盘（佛教打坐的一种姿势，双脚盘在腿上），张教导员在门口喊他，他转过身来，睁开右眼，左眼紧闭，眼角有一道分叉的缝合伤疤。他不仅剃了光头，还用剃须刀把头皮刮得精光。

张教导员板着脸问："你用胶枪在花瓣里写佛字，你说说，你这是要做什么？"

马乐乐同样板着脸，右眼紧盯着张教导员，好一会儿没吭声。在张教导员的催促下，他不紧不慢地吐出"入定"二字。

张教导员一时语塞，拍了拍铁门，冲他喊道："现在是静站反省时间，不允许打坐，给我从床上滚下来！"

领导要求张教导员三天内解决这件事儿，无论如何都得保证马乐乐能直面镜头，配合省局禁毒宣传。于是，张教导员花了3400元买了一枚新的义眼片。

等事情都了结后，领导召集大家开了会，讨论花卉订单赔偿的事儿。活儿是监区私接的单子，劳务科不过问，监区得自己承担损失。

散会后，张教导员十分窝火。自己这一年半载的工资全搭进这桩糟心事儿里头了。但好在那之后不久，领导就找到他，说可以报销他购买义眼片的费用。

4

聊天间，病房里进来了一个50多岁的矮个男护工，端着一盘饭菜，软声软气地问老吴吃不吃。

时间还不到11点，医院开饭早，盘里又是清汤寡水的，老吴摆了摆手，扭着头对我说："再过一会儿，你带张教导员去小厨房吃饭，我请客。"

张教导员摇摇手，说："等你康复那天再请吧，咱们去金陵大饭店。"

"我有我请的道理，还非要今天了。"老吴坚持要请客。

张教导员掏出手机看了一眼，说还早。我问他："当年拍禁毒宣传节目干吗非得挑马乐乐，监狱里毒贩子不是挺多吗？"

张教导员和老吴相视一笑，说："马乐乐可不是一般的毒贩子，他的案情很有震慑力。"

当年，马乐乐算是被牵涉进了一个超级大毒枭的案件中。

那个大毒枭是谁，张教导员没说，只说是新中国成立以来"最"字头的毒枭之一。那时候，该毒枭已经伏法了，马乐乐曾是他的亲信，"两人是在寺庙里结的缘"。

当年，该毒枭在马乐乐家门口不远的地方捐钱盖了一座庙，住持是从华山请的，据说还开过神通。毒枭相信大和尚能掐会算，可以保他终身富贵平安。

马乐乐伤了眼睛的第二年就退学了，父母担心他今后的着落，思来想去，最后把他送去庙里当化缘和尚——独眼和尚。

但马乐乐分明是个假和尚，一天庙门都没进过，出去"化缘"报的庙，却是家门口毒枭捐建的那座。住持差人找到他家，警告说以后讨饭不能再诋毁"佛"，否则会教训他。马乐乐不听劝，照旧外出"化缘"。果不其然，没过几天，几个光头大汉就将他拎去庙门口揍了一通，还让他在大雄宝殿罚跪了一晚。

跪在巨大的佛像面前，鼻青脸肿的马乐乐见到了坐在佛像后头敲木鱼的大和尚。

那晚之后，马乐乐就正式在庙里做工了，算是大和尚纳入的弟子——马乐乐服刑后期，总对人说起这段往事。张教导员盯了他好久，确信不是传播邪教，才没管他。

有一年，毒枭日子过得很不顺，往庙里捐了一大笔钱，要大和尚替他消灾，做一场极大的法事。大和尚说要用马乐乐做"工具"，先在他后背刺了两句经文，又把一个玉球塞在他的左眼眶内,用一张画了符的经文布封住,然后,派他跟在毒枭身后七七四十九天。而大和尚在此期间闭关诵经,任何人不得打扰。可马乐乐的眼眶哪耐得住玉球的重量,况且他的下眼睑早就出现了结膜囊狭窄和下垂问题,痛不欲生。毒枭也是热心肠,觉得既然已经是通了佛的师父,索性揭开封条,取出玉球,安排一个眼科医生,给马乐乐做了义眼台手术。

没等马乐乐的眼睛消肿,毒枭就出事儿了。毒枭辗转逃去庙中躲避,大和尚早已闻风走了,只剩下马乐乐在庙中休养。他感激毒枭帮他恢复正常人的容貌,便照应毒枭藏了几日,也因此落了个窝藏的罪名。毒枭跑路时着急忙慌,包里没装太多现金,只有两包自用的白粉。马乐乐按他的指示,去找下家变换了点生活费,因此又落了个贩毒罪。

毒枭很快落了网,马乐乐两罪并罚,获刑14年6个月。

5

张教导员说兴奋了,挨到病床前,拍了拍老吴的手臂,感叹道:"你说说,你说说,咱们共事这么多年,还有几桩事儿像这样的!"

老吴倒显得极其淡定,回了一句:"这叫一花一世界,你永远没法想象别人的生活,即使是你朝夕相处的人,有时候你都不一定了解他那个……怎么说——那个'小宇宙'。这词,你们年轻人不是总爱用嘛。"

老吴看向我,他的眼睛一股污浊,但在努力放光。

我仍旧沉浸在刚才的故事里,有些事儿还想不明白,正要追问。老吴抢在前面问张教导员道:"你买那义眼片是不是花了3400多元?"

张教导员想了想,说好像是,然后夸老吴记性好,零头还记得:"反正这钱后来没让我出,监区不是给报销了嘛。"

张教导员踱步到窗边,老吴朝我招了下手,示意我带张教导员去吃饭。张教导员看见老吴的举动,说不用去小厨房,招呼我说:"你去楼下随便打包两个菜,我们在病房里随便吃几口。我再陪他一会儿,待会儿还要去单位交班。"

老吴使劲儿摆手:"今天非得请你一餐。"

张教导员问:"咋了,你今天搞什么名堂呢?"

老吴说:"1998年那场雨的事儿怪我,我在会上说了你的坏话。今天说起马乐乐这事儿,我才有勇气跟你认个错。"

张教导员吊高了嗓门:"老兄哎,你这是哪里的话,你这不是叫我难堪吗?"

1998年的夏季,就像一个加了铁盖的油焖大锅。

按新定的规定,35摄氏度以上的高温天气,犯人可以午休1个小时,下午每人派发一碗绿豆汤。7月26日中午,张教导员手头儿接了两趟活儿:第一趟就是安排监区300多名犯人午休,现场要井然有序,所有犯人必须躺在狱警视线范围之内,人数要核查清楚。

这可不容易,看人不比看鸡、鸭,现场管理只能靠喉咙,嘶来吼去,嗓子眼儿都哑了火。

第二趟是马乐乐的禁闭期限到了,他要赶在下午

2点前把马乐乐从禁闭室里带出来。车间到禁闭室要绕过一个标准的操场,一来一回接近1千米。

安排犯人午休的事儿还没稳妥,狱政科领导就突然跑来了,整个人湿漉漉的,跟掉水里一样,上气不接下气地催:"快!带100人去搬新机!"

这是服装监区的最后一批新机,统共200台,两人搬一台,跑4趟就能搬完,从监狱主干道搬到车间10分钟一趟,40分钟绰绰有余。也可以多带些犯人,跑一趟了事,但人多了太挤、太乱,狱政科领导对这事儿有经验,要100人刚刚好。

张教导员还想给领导倒凉茶,领导倒是急得跳脚,嚷嚷着让他赶快去,说省局领导过不了多久就要入监参观,别到时货车挡死了路,"带人跑步前进!"

张教导员赶忙喊小岗吹响了集合哨,用警务台的扩音话筒喊道:"二分监区起立,出工!"犯人们呜呜泱泱地站起来,没精打采地往室外走。领导抢过话筒喊道:"跑步前进!"

所有人突然上紧了发条似的,动力十足地往外跑。张教导员对狱政科领导的威慑力还挺震惊。他一边穿武装带，一边嘱咐他的副班同事："帮我去把马乐乐领回来，我这赶不上趟了。"

等张教导员带队赶到现场，副班同事竟已将马乐乐领回来了——副班同事搭上了伙房运送绿豆汤的三蹦子，几分钟就把事情搞定了。马乐乐属于二分监区，同事索性将他撂在了搬卸缝纫机的现场。

张教导员瞥了一眼马乐乐，一个多月没见太阳，他白得近乎透明，大太阳一晒，脸和脖子就红透了。张教导员吼了一句："愣着干吗，干活儿呀。"可马乐乐软手软脚，好不容易爬到货车上，猛烈的日头忽然被乌云遮蔽，不到几分钟，雷暴就轰隆隆地震响起来。

货车卡在一排行道树底下，枝叶在风雨里猛烈招摇，玻璃球般的雨珠砸了下来。张教导员还没反应过来，马乐乐就忽然捂住左眼，蜷曲在货车车厢里。张教导员急了，上去拽他。可马乐乐像是受了什么刺激似的，开始在车厢里翻滚。四周扬起一阵烟尘，100号人都在啸叫。张教导员吹响集合哨，带着一群人往道路旁边的医院监区躲雨。犯人们全都一溜烟跑过去了，他想找两个人抬走车厢上的马乐乐，却抓了个空。索性自己连拉带拽,背起马乐乐,冲进了医院监区。

雷雨下了一刻钟,乌云消散,日头又被重新点燃,气温更加灼人。张教导员带队重新出工,可已经来不及了,省领导们已经到篮球场了。

"快点儿,一个个都手脚活络起来!"张教导员一边大喊,一边爬上卡车,亲自卸货。

参观人群很快走了过来,卡车挡住了他们去路,监狱领导板着脸问:"谁带队出工的?"

张教导员正抬着一台缝纫机,听见领导问话,慌了,手一松,缝纫机滑了下来,砸中了自己的脚指头。他抱着脚在地面打滚,洋相出尽。

6

老吴抓住了张教导员的手:"我当时也是觉得应该任务优先,你那点儿人性化,太超前了。"

张教导员反抓住老吴的手,说:"你就别计较这丁点事儿了,我当时虽挨了个小处分,但不也因祸得福,马乐乐主动退赃这事，按道理不该是我一个人的功劳。"

我赶忙凑上去问："马乐乐退什么赃了？"

张教导员受了处分，被扣了当月的劳务奖金；再加上前面张教导员帮他买义眼片的事儿，马乐乐心里多少有些过意不去，马乐乐在随后几天的"服刑人员退赃认赔"思想动员大会上，直挺挺地站了起来。

这个思想动员会是当年刚刚兴起的，和现在的"主动坦白余罪漏罪"的活动有些类似。

那天，张教导员主持会议，正在宣讲活动要义，马乐乐竟然毫无征兆地站了起来。周围的犯人打着盹儿，张教导员自己也无精打采的，马乐乐都站起来好一会儿了他才发觉。

张教导员以为他犯了痔疮，朝他低了低手，示意他坐下。马乐乐却面无表情地说："我要退赃。"

所有人都惊呆了，马乐乐重复了一遍："我要退赃。"

张教导员立刻将马乐乐带去了审讯室，然后准备打电话给狱政科，拿起电话又放下，先用对讲机呼了一遍监区大小领导——处理这种事儿要慎重，不能越级汇报。

不到一刻钟，大小领导就都集中在了会议室。大伙儿七嘴八舌地商议，想摸清楚马乐乐要退什么、多大价值、有谱没谱。

张教导员打头阵，先去审讯室盘问了一番马乐乐，带回来的消息直接炸了锅：据马乐乐自己交代，他那只做过义眼台手术的左眼内，镶有一颗价值不菲的宝石，是毒枭送给他的礼物。此事立刻上报了狱政科，狱政科也拿不定主意，说这事有被犯人讹诈的风险——之前有过这种案例，有犯人得了小肠气，监狱出钱帮着治了，结果犯人写检举信，说监狱强行为其手术，导致不举不坚，闹腾了好一阵儿——马乐乐这情况更加可能出问题，万一手术后，他那眼睛里什么都没有，他再反口讹诈监狱也不是没可能，更何况，这个手术的风险太高了。

不过这事儿很好办，可以先带马乐乐去拍个CT检查一下。

CT结果出来了，还算乐观，监区领导说，马乐乐左眼眶内确实有一个圆形物。不过退赃这事儿，必须马乐乐签署术前、术后风险责任告知书。于是，整个监区前后忙活了大半个月，本来还说要找电视台宣传一下，但后来局里领导又说，担心手术方面有风险，容貌上可能再也恢复不了术前情况，才下发了通知，要求做好此事内部保密工作。

术后，马乐乐调了监狱，那枚藏在他左眼里的宝石到底啥样、价值几何，多少年来常被人讨论，但谁也不知道。

事后，张教导员受到了表彰，被推选为1998年省级教改工作先进分子，领完一本14开的烫金荣誉证书后，"宝石眼"这桩事便在时间洪流的冲刷中翻篇了。

7

到饭点儿了，老吴让我带张教导员去吃饭，叮嘱着一定要点几个硬菜。张教导员拉我到门外，非让我叫外卖。

我们在病房里的折叠床上吃，怕老吴馋酒，我和张教导员也没喝。饭后，张教导员就要走，抓住老吴的胳膊晃了两下,说:"下回我再来,你可得上金陵饭店请我吃一顿。"

我送张教导员到了电梯口,他拍拍我肩膀,让我加油。我问他后来还见过马乐乐没,电梯门开了,他走进去,转身笑着说再无联系。

等我走回病房口,老吴突然下床了,没骨头似的倚在窗口。我刚靠上去,他就说,有件事本来要跟张教导员讲清爽,话到嘴边又吞进去了。我问什么事。他说:"其实当年在马乐乐这件事儿上搞得有些鸡贼。"

我有些不解,在老吴的一番解释下,我明白了。说白了,张教导员受到的表彰算是造假,他自己也蒙在鼓里很多年。

我还是有些不解:"那马乐乐怎么会搞不清楚这种事儿,他是真心退赃吗?"

老吴退回病床,坐下说:"他是真心的。其实,他也是被毒枭哄了,人家只是想着在落难时讨个贴心随从,他就当真了。他很单纯,也是个老实孩子。"

我说这事儿真离奇,老吴没回话,重新躺下了。我宽慰他:"没事儿,这事儿张教导员肯定早就知道了,他不挑破而已。你想，你都知道了，他还能不知道？"

老吴闭上了眼睛："我不是指这事儿，还有件事儿我没当他面说。马乐乐那义眼片花了3400多，知道我为什么把钱数记得这么清楚？是因为手工花卉订单那事儿我们心里有愧于张教导员啊。"

我不敢多问，老吴突然冒了一句："人之将死其言也善，良知也要退赃啊。"

2

这个监狱故事,
是从烟味儿开始的

老吴和同事李管教共事近30年,他们一起见证近几十年监狱的发展史。在2009年临近退休时,李管教差点犯了个大错误,险些丢了工作。但好在有惊无险,也正是因着这事,他算是完成了自己狱警生涯最成功的一次教改工作。

1

李管教总去箱包厂门口那个圆形花坛后面抽烟。每回都有犯人蹲在那儿,晒太阳的同时捡上几个他扔下的冒火的烟头。偶尔,他也会一人派支烟。几十年过去了,那里蹲着的犯人换了一拨又一拨,圆形的花坛也翻新了好几番。花坛边沿儿贴了一圈菱形瓷砖,坛内挤满了各色花草。

2009年春季某天,李管教照旧在那儿抽完一支烟,然后端着一杯胖大海去监区大厅,那里正蹲着十几个刚转进江浦监狱的少年犯,他们均是10年以上的重刑犯,罪名涵盖了"杀抢偷淫"等一系列恶性案。李管教要给这些孩子进行每人至少5分钟的入监教育,不备着那杯胖大海,慢性咽炎会折磨他一下午。

少年犯们剃着光头,蹲在警务台1米开外的地方,一个个左顾右盼的,眼神中透着不安。李管教将杯子重重地搁在警务台上,猛拍了一下桌面:"看看你们,蹲没蹲相!少管所没教你们行为规范啊?"

见少年犯们没动作,李管教又猛拍桌面,厉声骂道:"一个个都不会蹲啊?"少年犯们面面相觑,调整出标准的囚徒蹲姿。

李管教翻着他们每个人的案件资料,"都给我想清楚3个问题:你是什么人?这里是什么地方?你到这里干什么?"

作为一名老狱警,李管教尤为清楚,警犯关系中最重要的是分寸的拿捏。

李管教手捧十几份少年犯的案宗,一如既往地对所有案子视同一律，直到最后一份案宗涉及数起入室盗窃案，一名叫马晓辉的犯人被他喊到身旁。

李管教问："你偷了人家的嫁妆：18万的现金，8只金手镯。你不住宾馆，住厕所干吗？"

马晓辉瘦小，脖颈极长，耸着肩膀，有点儿口吃。他结结巴巴地说了些什么，李管教没耐心听下去，打断了他，还是那句话："给我想清楚3个问题：你是什么人？这里是什么地方？你到这里干什么？"

入监教育做完，李管教端起茶杯，回了办公室。

2

监狱准备替新收押的少年犯办个"成人礼"——让他们给父母洗脚。

双亲到场的可能性很小，他们的父母多半远赴外地打工，少数离异重组家庭。领导只好降低活动要求，要求每个少年犯至少请来一位直系亲属。

李管教分发了一沓表格，少年犯须填上所有直系亲属的联系方式（大多是自己记得的家里座机号或者父母的电话）。表格收上去，他会逐一拨打这些号码，尽力将里面提到的亲属都请来活动现场。

所有人里面，只有马晓辉的表格是完全空白的。李管教把马晓辉喊到警务台，问他表格为什么没填。马晓辉回答："没爸，没妈，家里头没电话。"

"成人礼"的活动现场安排在监狱文教楼，那是一栋5层高的扇形楼体。李管教带着十几名少年犯随他去了5楼演播厅。演播厅100多平方米，铺着深棕色的地板，台上挂了蓝色的背景巨幕，台下摆着十几只粉红色塑料水桶。八九个家属坐在水桶旁边，几个应邀到场的记者正在那儿摆弄摄像器材。

李管教领着队伍进去，下达立正、解散的口令，少年犯们找到各自亲属，坐在水桶前面。有人伸着脑袋接受亲属的抚摸，有人与亲属相拥哭诉。有四五个亲属没能到场。没见到亲属的少年犯，人挨人站在一起，有人用手蒙住了眼睛，有人倔强地别着脑袋。李管教对他们招招手，示意他们和马晓辉站到一处。

按李管教的预想，所有人里本应只有马晓辉见不到亲属，他原本事先安排好的，让马晓辉随身带一张塑料小板凳，进演播厅后，就自觉地坐到后门的拐角处。没想到，这下拐角处竟变得拥挤起来。

活动开始前，领导问李管教怎么才这么点儿人。李管教说没办法，亲属只来了这些。领导想了一会儿，便让几个中年狱警，包括李管教充当少年犯的家属。

马晓辉也被喊了过来，被安排坐在最后一只水桶前，李管教坐在他对面。

成人礼这才正式开始。

洗脚过程中，马晓辉捏了捏李管教的脚趾，李管教觉得舒服，开口问他："你还会这个？"

马晓辉的表达能力应是有障碍，支支吾吾地说了一会儿，李管教才听明白了：马晓辉有个受过工伤、卧床不起的父亲，小时候他有事儿没事儿就帮父亲捏脚。李管教便夸了他一句"孝子"。

3

李管教是个老烟枪，雷打不动一天两包烟。他的警服脏得油光锃亮，挨近他的人总能立刻闻到一股浓浓的烟熏味。前几年同事们抽12块一包的红南京，他抽4块的红梅；现年同事们抽20一包的小苏，他也跟着提了档次，改抽起红南京。

没过多久，省内某监管场所发生了一起不大不小的火灾，虽无人员伤亡，可是高墙内升起数丈浓烟，影响还是极为恶劣的。省局领导大怒，要求彻查原因后整改。原因很快查明，是几个骨干犯躲在储藏室抽烟引起的。那里堆了百来条被子，火星溅入棉胎，几分钟后就成了一片火海。幸好，几个骨干犯早就离开了现场。

此事一出，省局出台政策，所有监管场所都要求无限期禁烟。如此一来，李管教也跟着遭了殃，箱包厂的圆形花坛里更是竖起一块禁烟的木牌，好像是专门为他设的。

那时候正赶上监狱的箱包厂房扩建，每天清晨都有一拨民工入监干活儿。每天早晨，李管教都会脱了警服，摆警务台上，然后混进民工队伍跟到工地现场，抽两支烟后再急匆匆回来。

直到一天早上,他回来后发现自己的警服不见了。去调看监控,发现厂房扩建期间,施工方弄乱了监控线路,画面根本调不出来——像是一场有预谋的事件,犯人卡住这个节点偷走了警服。

李管教知道事出重大,不敢声张,赶忙去借同事更衣柜里摆着的换洗警服。同事对此很不解,他忙解释说是因为上厕所洗手把衣服弄湿了,顺手就洗了。同事也就没再多问,就把脏衣服借给他穿了。

同事是个大胖子,衣服递过来,李管教的小身板钻进去,如同穿着戏服。

李管教急着查找丢失的那件警服,是因为警服口袋里放着一张备用的门禁卡。这张门禁卡可以刷开监区的任何一道铁门。他实在承担不了这个后果,只能为自己赢取纠错的时间,想尽快把警服和偷警服的人找出来。

李管教努力镇定下来,他找来一把链条锁,把监区大门锁住。走廊顺延下去21间监房,他挨个抄监。最后3间监房的对面是水房,他满头大汗地走到那儿,抬头一看,警服正展展地被挂在水房的晾衣架上。

春风从窗棂里漫进来,湿漉漉的警服散发出肥皂香。李管教挑下警服,摸了摸口袋,门禁卡还在。他这才长吁了一口气。

4

偷警服的人正是马晓辉,准确地说,他这是在愚笨地拍李管教的马屁。

作为新犯,马晓辉承担着清洗监区公被被套的任务,那天他抱着被套路过警务台时,正好看见李管教那套油光锃亮的警服。这个吐字不清、头脑简单的家伙便擅作主张,一把抓起警服去了水房。

李管教把他从监房喊出来,让他蹲在警务台边上,训斥道:"你头脑昏得啦?警服是你洗的吗?"

他挠着头,尚不知晓事情的严重性,咧着嘴傻笑。

李管教气得头昏,拎出手铐,把马晓辉铐在了室外拉货的卡车边板处,让他蹲在大太阳下反省。那已是燥热的5月,卡车上装有一吨多重的皮革料子,料子下面垫着木桩。没过一会儿，马晓辉就开始大声呼救，原来车上右侧的木桩滑边了，皮料已有些倾斜，在车厢里缓缓滑动，一旦滑落，马晓辉就会被压成肉饼。

李管教怔愣几秒后，赶紧冲过去，双手在裤子口袋里摸钥匙。两个口袋翻过来，钥匙还是没找到。他急得直跳脚，慌忙喊人，箱包厂圆形花坛处晒太阳的犯人一起冲了过来，都是抽过李管教烟的人，吆五喝六，一下聚集了十几人。大家咬牙绷肩，一起顶住了皮料。

可这也只是一时，这么几个人，哪里顶得住一吨重的货。

危急时刻，马晓辉指着厂房的纱窗，大喊："快掰几根儿铁丝给我！"

李管教冲过去，扯烂纱窗，手指被生锈的铁丝割开，顾不上疼，揪出一扎，飞奔到马晓辉面前，马晓辉把铁丝拧成一股，塞进手铐匙孔内。

几秒钟之后，手铐开了。

所有人迅速撤离，皮料重重砸下，震耳欲聋的巨响之后,半个广场的灰尘仿佛都扬了起来。

李管教吓飞了魂,他摸了摸胸口,手铐钥匙就在衬衣口袋里。按照他后来的说法,这是他从警36年来最糟糕的一个工作日。

5

私下惩戒犯人的事儿瞒不住了,混入民工队伍抽烟的事儿也得老实交代。

李管教先去狱政科办公室写了半天检查,又在驻监检察院做完了笔录。

那天傍晚,纪委、政委分别找李管教谈了话,让他认真反省、踏实工作,等待处理结果。

对照狱警工作准则,李管教这一天的行为,往重了说就是玩忽职守。所幸没造成什么后果,不然他退休前的最后一个"5年计划"就全泡汤了,这才是他最看重的事情。

李管教的"5年计划"很简单,就是省5年的钱,凑够50万，去澳洲待两年。因为他11岁的儿子已经跟着前妻移民澳洲了，每月只能在视频电话里聊上几句。他退休时儿子正好16岁，他想着自己去澳洲待上两年，能陪儿子过完成人礼。

现而今，一切都变了样。

一周之后，李管教被行政撤职，警服保住了，新岗位待定。

还好，5年计划尚可保住。

6

夜班轮值表上还有李管教的名字，他值完最后一轮夜班，就要离开那张坐垫开裂的靠背椅了。

最后一个夜班工作日，李管教竟有种提前退休的落寞感。收拾个人物品时，他在办公桌下面翻出了一双39码的篮球鞋。这是一双国旗版锐步Q2，2004艾弗森奥运款。单位每年举办两次篮球联谊赛，几年前，身材略微矮小的李管教唯一一次获得了一个替补名额。

他穿上这双球鞋，在球队大比分领先的第4节，上场放了两个3分——每当手掌拨出球后，他都会大喊两声"没有没有"，果真都是"三不沾"。

不一会儿，他就被换了下去。比赛结束后，他脱下球鞋，顺手扔在办公桌下面。一晃几年过去了，球鞋上不过蒙了层灰，而他却从一个球场失意者变成了生活失败者。

李管教拎着球鞋去了监区，把马晓辉喊到大厅，问他的鞋码，在得知和自己的码数差不多时，便将鞋直接送给了马晓辉。李管教还想说点儿什么，半天开不了口，最后问："你咋会开锁的？"

马晓辉回道："专门学的。"

"学什么不好，学这个。"说完又补充一句，"也亏了你会这个。"

马晓辉傻乎乎地笑了，李管教咳嗽一声，马晓辉不敢再笑。李管教表情严肃了，盯着马晓辉说："好好改造，别再犯糊涂。"

马晓辉结结巴巴地问："李、李干部，你明天啊是，不在了？他们都说你被'扒皮'（开除警职）了。"

李管教拍了一下桌面，骂道："不该问的别问，滚回去！"

马晓辉慢吞吞地转身，走两步后猛回头，大声喊道："我要检举！"

之前，监房的犯人们一直七嘴八舌说着这事儿，有幸灾乐祸的，有夸夸其谈的，李管教要被"扒皮"的消息就这么传开了。

马晓辉很不安，觉得这事儿怎么都和自己有关，于是他便问其他人有什么办法能让李管教不被"扒皮"。一个"三进宫"的老犯告诉他，除非有人吐个余罪，算教改工作立了功，李管教便可以此补过。不过，这种可能性几乎为零，按照老犯的说法，就算李管教是亲爹，也没人这么干。可马晓辉就这么干了，他要检举一宗命案。

7

时间倒退10年。马晓辉8岁时，每天放学后会给躺在竹床上的父亲捏半小时脚。

那是一张青竹编制的单人床，父亲终日裹在被子里，像一只蛰伏的昆虫。他以前是个矮壮的劳动力，能挑100多斤的担子跑3千米，小腿肚子滚圆粗壮，如同碗口粗的铁杵。

如今，却早已不是当时的模样。

马晓辉揭开被褥，将父亲细弱的双腿轻放在膝盖上，开始捏脚。父亲大多时候沉闷不语，偶尔查问几句他的成绩，或者差他更换导尿袋。捏完脚后，按照父亲的意愿去翻家里的抽屉和母亲的外套。有时幸运，能够找到为父亲买烟的零钱。

只是一旦母亲回来，马晓辉便少不了一顿打。每当那时候，父亲就会躺在一堆烟雾里，语调低沉地辱骂几声！

父亲是普通的江北农户，特别大男子主义，脾气一上来，老婆、孩子少不了一顿打。但他也疼家人，血汗钱从不舍得花在自己身上，或给老婆买几件像样的首饰，或给儿子买书、买玩具。拼命挣钱，只为不落人后。农忙时当麦客稻客，农闲时去湖里捕鱼,哪处要炸山刨土,哪处要建宅铺路,处处都有父亲的身影。

只是,父亲千不该万不该进黑工厂。

那一年,父亲去邻县复合肥加工厂做了半年工。有天厂里调运一台机器,他不巧路过,车间的过道被挡住了,他潜身从机器底下穿过去。吊机驾驶员受到惊吓,按错了按钮,吊绳放了一段,他瞬间就被机器压趴了下去。

虽然机器又一下被吊了起来,但父亲的后背还是受了重重一击。吊机驾驶员是外地人,出事后跑了,工厂也锁了门,换了场地,谁也不能证明他是里面的工人。

马晓辉长大后才知道,父亲断了脊柱神经,孱弱的双腿毫无知觉。可以说,马晓辉捏脚的两年全是徒劳。

命案发生在1999年夏季。夏季是瘫痪病人最恼恨的季节。在一个沉闷的凌晨,马晓辉醒了,父亲在大声咒骂,母亲在哭天喊地。他们常常这样争吵,父亲会用额头撞击着竹床旁的石灰墙,母亲或狂扇着自己耳光，或用口水连环回击。

三口之家的房子建在村头的小土坡上，最近的邻居相隔四五百米，没人受到惊扰，更没人来劝和。马晓辉蜷缩在床上，使劲儿捂住耳朵。不久后，屋里平静下来，他听见父母压低声音的谈话。

母亲说："你别问是谁了，我能跟你说这事儿，是尊重你。不然你咋办？我直接就能跟他走。"

父亲说："我不跟你吵，你把那瓶农药喂我喝下，你想跟谁跟谁。"

母亲问："凭啥让我喂你，你自己不能喝？"

父亲说："等我死了，你用板车把我拖到老吴家后头，埋那儿，厂是他儿子办的，我就阴他家宅子，让他们一家人尝报应。"

母亲问："要被人发现，我不成杀人犯了？你少耍心眼子，我还真不怕你害呢。"

父亲大骂："……真被人发现，你还不是一张嘴的事儿，你就说是我自己喝的。不行我给你写张纸……"

母亲进他的屋找纸笔，马晓辉赶忙装睡，他恐惧极了,紧紧闭着双眼。

母亲出去了,接着持续了几分钟的死寂,然后父母又开始了交谈。

"给你兑了点儿止咳糖浆。"

父亲应了一声,接着又是几分钟的死寂,然后是母亲的声音,"难受了吗……"

母亲问完,几秒后传来猛烈拍击竹床的声音,父亲支支吾吾地呻吟着,接着是疯狂呕吐的声音。马晓辉恐惧至极,爬入床底。父亲的竹床一直发出"吱呀吱呀"的噪声,马晓辉捂紧耳朵。但那声音四处渗透,他成年后所有噩梦都绕不开它。

8

母亲推开房门,将马晓辉从床下拎出来,"你爸喝农药了。这事儿你不能跟别人说,我们家没钱办白事。我们去把他埋了,你不听话,妈也不要你。"

马晓辉使劲儿点头,母亲带他走到父亲的竹床边。

父亲双手蜷成一团，上半身倒挂在床沿儿，吐了一地的血沫和呕吐物。母亲轻巧地抱起父亲——父亲已经瘦到不足60斤了。马晓辉看见父亲垮塌的屁股上长了两个黑洞，那是长期卧床的压疮，已经烂到骨头里了。

床边有张纸：1999年8月3日1点，恶妻吴冬云毒杀丈夫马广茂。

父亲知道母亲不认字，但马晓辉是认字的。

母亲将父亲放到板车上，催促马晓辉取手电筒。母子推着板车，步行几千米到了一处院子外，两人刨坑挖土，将尸体埋于屋后。

后来，马晓辉对谁都不愿聊起新家庭的生活，母亲的新男人常用烟头烫他，就因为他不愿改姓。直到成年后，马晓辉的后背仍旧有着气泡膜般排列的烟疤，密集的伤痕封闭了他对新家庭的记忆。

马晓辉14岁出门务工；16岁偷鞋厂200双鞋，在少管所关了一整年；17岁跟着两个狱友练习开锁，成了专偷红事现场的"喜贼"。

2007年10月，马晓辉和同伙连偷了四五个红事现场，分到18万元现金、8只金手镯。警方在周边的集镇贴满协查通告，3人随即各自跑路。

马晓辉揣着巨额财物，想去云南文山，然后从那越境到越南。临走之前，他回了趟老家，想向埋在地里的父亲道个别。

他很多年没去过那儿了，不知道整个乡镇早被拆迁，贫瘠的土地被重新开垦。他找了很久，确信当年埋尸之地已盖起一座厕所。

9

马晓辉讲述这些事情花了很长很长的时间，李管教听完，脸色铁青，问："你住在厕所是因为你父亲埋那儿？"

马晓辉结结巴巴地说："在，在厕所，被，被抓的，不然就把，把他带走了。"

那是一个商贸市场的收费厕所，承包人建了一个独立的隔断房，里面摆着床铺，兼卖面纸和饮料。那天，马晓辉找到承包人，说要租隔断房一个月，让承包人随便开价,先拍了1万元现金在窗口。承包人见他嘴巴没长毛,以为是偷了家长钱赌气的孩子,便让他在隔断房住了一宿,等着家长来领人。

一宿之后,马晓辉将身上的财物在承包人的床上铺开,说分他一半,只要他同意出租厕所一个月。马晓辉盘算着,在一月之内,自己肯定能将父亲的尸骨挖出来,替他修座坟,再跑路去越南。

承包人看见一床的现金顿时吓傻了,跑出门立刻报了警,马晓辉收拾包裹要逃,才出门就被巡逻警察逮住了。

得知事情的来龙去脉,李管教沉默了片刻,突然问:"你为什么帮我洗警服?"

马晓辉语调低微,说:"有,有烟味儿。"

那一年,父亲留下一件附着烟味儿的尼龙夹克,马晓辉将夹克塞在枕套里带去了新家,离家前,他抱着枕头度过了无数个流着泪的夜晚。

李管教从座位站起,向马晓辉推了推手,示意他离开。"你检举了,我必须上报,先回去吧,把刚才的话再想想清楚。"

马晓辉离开之际,李管教又补充了一句:"想想你母亲。"

李管教将马晓辉的事儿上报给狱侦科,科里派人来审了一番,接着把案件移交给了刑警。过了3天,马晓辉又被送回监狱。他的母亲一年前因病去世,这起案件公安机关决定不予立案。

至于厕所埋尸的情况,公安部门已联系商贸市场管理处,但对方以无实证、无人承担损失为由,拒绝挖尸。

10

后来,李管教去了一趟商贸市场,站在厕所门口抽了两支烟。

初夏的日光躲在一排杉木后头,杉叶丛中透出复杂的午后光线。他环顾厕所一圈,正墙贴了暗红色瓷砖，其余墙面喷了粉色石砂。

男厕空间30平方米，地面是防滑地砖，墙面是通体砖；4个感应冲水坑位，隔断材质是乳白色的防潮板；6个挂墙小便斗，有残疾人专用间，里面是抽水马桶……李管教估算着厕所的重修价格。

来这儿之前，他和教改科室领导在公安科员的陪同下找到了商贸市场负责人，负责人表示只要监狱方承担厕所重修的损失，一切事务均会配合。李管教当即表态，重修费用由他独自承担。

李管教初步估算重修厕所需要4万多元，他回乡下老家请了几个亲戚做帮工，可以节省些工钱。他77岁的母亲听说这事，还坚持要到现场搞一场烧纸请神的仪式。老人信佛信菩萨，觉得这是一场积善业的大事，马虎不得。

开工前，老人摆着铁盆，烧了冥钱，又给厕神请香求关照，向着东南西北角各拜香一次，喃喃自语："你自己也显显身，菩萨来渡你的苦劫了。"

或许老人的请神仪式奏效了，开挖的第二天，大伙儿便在女厕的东南角发现了一根腓骨。沿着东南角开挖四五平方米，地下湿度很大，尸骨都泡在烂泥潭里。大伙儿只能挖一截抠一截。

警方派来了法医，将尸骨装进尸袋。为核实身份，警方分别提取了马晓辉和尸骨的DNA比对确认。身份核实后，警方出具了死亡证明，火化了尸骨。

6月初，郊区一处公墓举办了一场简易的下葬仪式，花岗岩墓碑上刻着"慈父马广茂之墓"几个金漆楷体字。教改科派人来录了一段视频，回监后放给马晓辉看。马晓辉掩面痛哭，表示一定痛改前非、踏实改造、重新做人。

拍摄者本想让李管教露个镜，却被李管教拒绝了。

这事儿落定，他被调去了宣教科，新岗位很闲适，但降了几百元的职务工资。加上重修厕所和买墓地的钱，他的5年计划略受影响，但缺口不大，想办法也能补得上。

2016年10月，马晓辉刑满释放；而李管教则因签证原因，5年计划未能如愿。

2017年9月,李管教生了一场病,做了个不大不小的手术,马晓辉还提着果篮去看过他。待马晓辉走后,李管教发现果篮里塞着5万元和一张卡片,卡片上写着:父亲的新坟,我的新生,致谢。

3

致命爱人和她的秘密

陈阿姨是狱警老吴介绍给我的。从陈阿姨的打扮来看，怎么也不像是个临退休的人。来看老吴的那天，她穿着面包服和条纹运动裤，配一双时髦的耐克"空军鞋"。摘下墨镜，一双热情的眼睛闪闪发亮，气质像是任何一个广场舞的领队。

老吴招呼她坐下，顺嘴夸道："原来是心理咨询科的科花来了。"

她用果篮压了一下老吴的脚背："少拿我这个当外婆的人开玩笑。"

我凑上去跟陈阿姨打招呼，陈阿姨则像某个熟悉我的长辈一样，转过身来给我正了正衣领："小伙子，你穿得太单薄了，别冻着。"

老吴和陈阿姨结识，是因一个叫《望远镜》的剧本，那时候，陈阿姨请老吴当文学顾问，两人合作完成后，该剧却因报审问题未能排演。

《望远镜》是根据一名女犯的亲身经历改编而成的，在给我讲述这名女犯的故事前，陈阿姨特地给我提了一个问题："如果你知晓了心爱之人最致命的秘密，你会继续保留对她的爱意，还是会用这个秘密一步步摧毁她？"

我回答是前者，如果爱意不假。陈阿姨则叹口气，说："她丈夫也是这么承诺的，可是现实却往往演绎成后者。"

故事的主角名叫苏静，她的丈夫用一个秘密控制了她9年，对她进行过数千次家暴，导致她左手失去1节手指，右耳缺失，浑身遍布着指甲剪造成的月牙形的伤疤。

她最终杀死了丈夫，从婚姻的风暴中坠入了牢门的深渊。

1

苏静被送进心理发泄室前，是全监有名的劳模：

即使残缺 1 节手指,她给牛仔裤上腰仍旧只需 21 秒,是生产车间公认的"快手"。入监 4 年,她所得的劳动报酬——每月上限 100 元——已超过 2000 元,这些钱,她悉数捐给了希望工程。

这是同改们完全没法理解的。

狱中生活艰苦,需要用钱的地方很多。比如,大多数女犯们都不放弃装扮自己,劳动报酬通常用来购买廉价的护肤品,甚至还会委托外协(厂家派入监狱的技术协助人员)捎带口红进来。直到禁妆令实行之后,仍偶尔会有女犯把口红藏在枕头里。即使不再爱美,哪怕买几包方便面,也比这种"爱心捐赠"显得更"有头脑"。

然而,到了 2012 年 7 月,苏静却又做出一件更"没头脑"的事情。

当她得知自己的父亲在房梁上自缢身亡后,就坐在光线暗淡、常年散发阴潮气味的监舍里,哭着写完一份"财产捐赠决定书"——她把父亲留给她的一栋两层小楼和 34000 元的遗产,全部捐了出去。

同改们从她的哭声中听出了绝望,随后还在她的床铺下搜出了遗书,大家都有些怕了。管教送她去心理矫治,接手的正是陈阿姨。

那一年,在会见室干了十几年家属接待工作的陈阿姨,刚被"赶鸭子上架"考完国家三级心理咨询师,从教改科调入心理咨询科。彼时,这还是监狱刚刚挂牌成立一周的新部门,里面设置有催眠间、谈话室、沙盘室、发泄室等多个功能分区。

陈阿姨将苏静送进发泄室后,便一直注视着监控台。画面里,那位身材娇小的女人正对着扩音器呐喊,而后是大声地哭泣,接着又疯狂地厮打布偶。整整1个小时过去,她都没能恢复平静。陈阿姨初步判断,苏静表现出的一系列剧烈情绪,其实非常复杂,绝非单纯的丧父之痛。

又过了半小时后,陈阿姨叫来了自己的工作搭档——那是位热衷研究催眠的女狱警,女犯们私下都喊她张教授——了解完情况后,张教授尝试让苏静盯住一块儿花纹转盘。陈阿姨让苏静放松,深呼吸,累了就闭上眼。

平静了一会儿,张教授轻声问苏静:"看见什么了?"

苏静挣扎了一下,说:"望远镜。"

躺在催眠椅上,苏静讲起了那副已经破碎的望远镜。

苏静生于1984年。12岁那年,靠收废品谋生的父亲淘到一副望远镜,丢给苏静当玩具。那时,她有个青梅竹马的玩伴,一个比她大3岁的男孩儿。两人常站在村头的山坡上,踮着脚、举着望远镜,幻想自己的视线能够穿过被大山围困的村庄,看见外面的世界。

苏静的母亲是从外面被拐卖进村的,生下苏静后的某一天,趁着赶集逃走了,再也没有回来。母亲消失时,苏静还没断奶,是父亲用羊奶将她养大的。

在山坡上,苏静命令男孩儿盯住山下的一片竹林,她听村里的大人们说,母亲是从那儿逃走的,她坚信母亲某天会穿过竹林来看她。

玩伴是村里最调皮的男孩儿,但在苏静面前,却一直唯命是从。直到一天,玩伴忽然摔碎了望远镜,继而很快就惊慌失措地跑开了。留下苏静一个人,捧着自己生平获得的第一件礼物,哭了很久。

讲到这里,苏静突然从催眠状态中惊醒。陈阿姨问她之后的事儿,她始终不愿再讲。张教授问她玩伴的名字,之后还有没有联系,她双手掩面,泪水从指缝间滴了出来。

"摔碎望远镜的就是我男人……那是我男人。"

讲到这里,苏静的状态已无法配合后续的矫治项目,陈阿姨只得先将她送回了原监区。

2

回到办公室,陈阿姨调出了苏静的服刑档案。

2008年元月,大雪封了山,丈夫一起床就发起脾气,先是咒骂天气,而后训斥苏静没有及时充液化气罐。家里只有几捆潮湿的稻草,苏静正在努力生火做饭,丈夫却在这时命令她去倒夜壶——平日里,这个男人等着苏静伺候完吃喝拉撒后,或去牌桌上消磨时光,或彻夜喝酒,将老婆视作奴隶。

苏静15岁嫁给了这个魔鬼丈夫,是父亲做的主,她没有任何选择余地。9年的婚姻生活,她每天都在经受肉体的折磨和精神的凌辱。这些年她一直没生下孩子，两人没有领证，也没做过婚检，而丈夫对她不分日夜地虐待，也让她为此承受了惨痛代价——即使至今也分辨不出，这究竟是谁的责任。

大雪封山那天，所有人都躲在屋里，苏静的整个世界只有一个魔鬼丈夫——他吃完午饭后就又去睡了。这样的天气和苏静的杀夫动机紧紧联系在一起，她认为自己有足够的时间处理尸体，这种念头持续到傍晚。

根据苏静的口供，如果那天丈夫少睡一个钟头，或者有人出门扫雪，甚至有鸟叫上几声，哪怕出现一点点打破沉寂的动静，她都不会鼓足杀人的勇气。

整个杀人过程被丈夫的三个牌友当场撞见，他们立刻报了警。直到警察进门，苏静才想起来，丈夫早就约了牌友晚上来家里，她选了最错误的时间动手。

被捕后她一心求死，指定辩护人让她向法庭陈诉多年惨遭家暴的事实，可她不愿回想那些可怕的过往。不过，很快就有村民佐证。如果这些暴行能被及时公正地处置，如果家暴法案也能像"杀人偿命、欠债还钱"的古律一般烙印在那个偏僻的山村，被苏静杀死的丈夫将会先一步入监，先一步成为罪犯。

但哪有什么如果。

最终，苏静被判了无期徒刑。

"早几年，她肯定是死刑。"陈阿姨感叹。

入狱4年后，丧父之痛又让她重新陷入绝望，命运留给她的那条窄缝，正在被更大的痛苦猛烈挤压。

3

苏静第二次被送去心理矫治，已过去6周。

这6周她是在禁闭室度过的。那是一间被打磨掉棱角，到处包裹着蓝色海绵的5平方米空间，有严重自杀倾向的犯人会被送进来，直到心理危机干预初见成效后才能出去。然后，必须再去接受为期两周的心理矫治。

陈阿姨和张教授一起琢磨着针对苏静的矫治方案——她们总在一块大白板上标记出矫治对象的性格特点，然后再从过去的案例中总结经验，看能否在此案中适用。可苏静的心理问题很棘手，那些已被标记的经验似乎派不上用场。

张教授给苏静的杀夫案抽丝剥茧，列举了她和丈夫的发小关系，还在两人名字之间画了一个望远镜，然后又将苏静父亲的名字写在图下。两个人激烈地讨论着，各种黑色箭头在白板上绕圈——陈阿姨准备通过沙盘游戏，复原苏静对理想家庭的想象，找出病症；张教授则坚持催眠疗法，继续攻坚苏静封闭的心房。

"张教授的爱人是刑警，她也被传染了一点儿推理思维，遇事儿就爱瞎琢磨。别说，苏静的事儿还真让她琢磨到点上了。"

张教授推测，苏静丈夫当年摔碎望远镜，应该不是失手，是不是因为窥探到了什么秘密，而这秘密估计和苏静父亲有关，所以他以秘密相要挟，娶了苏静。而苏静父亲自缢，大概率也和那个秘密有关。

如果苏静能够主动吐露那个秘密，她的心理问题就找准了根源。

然而，苏静却不再配合了。

第二次进催眠室，张教授努力了半天，苏静始终不肯闭眼。她从躺椅上站起来,摘掉耳机,里面正播放舒缓的海浪声。她说监区有一批儿童背带裤等着上腰,请求陈阿姨结束这次的治疗。

苏静在禁闭室已经待6周了,危机降级报告是陈阿姨按禁闭期限度签署的,不然总不能将人一直困在那5平方米的空间里。

不得已,陈阿姨和张教授暂停了对苏静的心理矫治方案,将她送到生产车间。苏静坐到了自己的工位上,埋头干活儿。陈阿姨和张教授则套上围袖,在监区大队长的准许下,分坐苏静工位两旁,干起了辅活儿。陈阿姨和张教授决定打一场持久战。

这一天,两人在苏静的工位旁卖力劳动,不到傍晚,苏静的生产任务便提前完成了,她终于心甘情愿地躺回了催眠椅上。

4
~~~~~

借着那块儿令人眼花缭乱的小转盘,这一次很快就奏效了，苏静渐渐进入了"理想状态"。

张教授试图引导苏静越过"望远镜"的障碍，她将一套审讯方法套进了委婉的语气中，开始强攻苏静封闭的心房。陈阿姨当时就站她身旁，事情过去了很多年，她无法回忆起具体对话细节，只记住了那一刻的氛围。

"张教授有些急躁，问话像机关枪，苏静突然睁开眼，吓了我们一大跳。她忽然跟我们表态，说自己不会在狱内做傻事，让我们放心，不会连累我们。"

张教授又失败了，她甚至想举起一把手术刀，企图剖开苏静的大脑，将自己期盼的那个"秘密"亲手扒出来。可苏静的潜台词也非常明显：我会选择死在狱外，不连累你们任何人。

陈阿姨想对苏静进行思想教育，但几经克制后，还是只问了苏静一句："你这表态算不算数？"

苏静说："我说到做到。"

陈阿姨说："口说无凭，你得写保证书，每周一封，交到心理咨询科。"苏静当即写了一封，陈阿姨又一次将人送回了原监区。

陈阿姨回到办公室，张教授很灰心，抱怨陈阿姨怎能这样"糊事"。陈阿姨也没解释什么，她深知眼下两个人已经黔驴技穷了，她只能退守两条底线，让苏静写保证书，是在增加她对生命的责任感；而通过保证递交保证书的这个频率，也可以增加她和心理科室的联系。

或许，这也能形成一种暗示：一个总和心理科室打交道的人，难免会更为关注自己的心理问题。

2011年新修订的刑法中，将无期徒刑的实际服刑年数限底在13年。

通常，一个认真服刑的无期徒刑罪犯，会在16年至18年之间获得释放。而像苏静这样的劳模女囚，每月可以领到监区的最高奖励分10分至12分，按照现今的减刑制度——累计120分可呈报减刑1年——她是很有机会在服刑13年至14年后获得释放的。

这当然是一段漫长时光，但如若将其看作一个28岁女人往后的生命线，它又短得令人后怕。

时间的累积让苏静的心理难题变得不再重要，但陈阿姨的催收工作却从未放松。

"我平时再忙不过来，这桩事也必须记牢靠，每周定时定点,去她那儿逛一圈,把承诺书要到手。"苏静每年要向心理咨询科交够52份承诺书,陈阿姨是在提醒自己,不能在工作中忽视这个遗留的问题。不然,苏静的面孔会在每年上千流水的犯人中渐渐淡去,直至消失。

而陈阿姨最害怕的,是在很多年之后的法治新闻上,再一次看到这个熟悉的名字,或者像电影《肖申克的救赎》里的老布,出狱后孤零零地吊死在一家廉价旅馆里。

每年9月苏静生日那天,陈阿姨都会买个礼物给她,通常是内衣或者护肤品,然后还有过去这一年她写的52份承诺书,一起送还给苏静。她总会挑那种很厚重的礼物盒,参考月饼过度包装的方式,将沉甸甸的礼物郑重其事地送出去。

苏静接过礼物的表情却总是木然的,不会说谢谢。

5

2016年,张教授因病住院,清理她的工位时,陈阿姨翻出那块画着望远镜简图的白板,她第一次对自己的工作产生了疑虑。

那时候的心理咨询科就像一艘生锈的铁船,这么多年过去,仿佛从未航行一步。新的领导班子准备撤销这个曾经的"面子部门","智慧监狱"的提案已在司法工作会议中唱响,未来狱中的心理咨询工作都将直接连接远程医院会诊系统。

因为恶性肿瘤的侵袭,张教授被切除了2/3的胃。陈阿姨开始担心,自己也会落入时间的陷阱中。她沮丧了很久,一直没去催收苏静的承诺书。有一些挣扎时刻,她想到了放弃。

2017年,宣教科拍了一条宣传片,选择在劳动节期间在全监的大课教育时间播放,主题就是张教授先进工作事迹。去年做完手术后,张教授去秦皇岛享受了几个月的病假时光,继续回来工作了不足半年,癌细胞就又一次卷土重来,在她枯瘦的身体里疯狂生长。

2017年2月4日,张教授穿着警服,躺进了木制殡棺。

宣传片镜头中缓慢移动着的和蔼遗容,让很多接受过张教授心理治疗的女犯都哭了。视频中，张教授的工位桌面上放着两只彩色布艺的罐子，里面插满了布条缝制的花朵，这是她的矫治对象送来的手工礼物；镜头往右转，半米高的成人自考教材堆在桌角，她刚刚担任完罪犯成人自考的监考，没收了这些被带入考场的教材，正准备发给新一批有志于"刑期当学期"的女犯。

片尾出现了那块白板，陈阿姨和另一位同事将它搬进了仓库。那上面还留着6年前的字迹，画着一副造型扭曲的望远镜简图。这么多年过去，谁也不敢轻易擦去这桩未完成的矫治案，"苏静"这个名字被一圈米黄色的粉尘覆盖着。

视频里，这些全部被陈阿姨用一块湿抹布擦去了。白板在镜头下泛着白光，陈阿姨侧对着镜头，微笑着说："我监的心理咨询科室将升级改造……将来，罪犯的心理矫治工作将采用更科学的方式开展。请大家拭目以待。"

劳动节假期后的第一个工作日，服装监区教导员找到陈阿姨，说苏静主动打了申请，想在心理咨询科升级改造前，再做一次心理矫治。

陈阿姨在谈话室里等她,两人已经1年多没见面了。苏静开门见山地说:"我得给你和张警官一个交代。"

"你对自己的选择负责就好,不用给我们什么交代,这只是我们的岗位工作。"陈阿姨安慰她。

苏静说:"我想把望远镜的秘密说出来。"

"如果说出来对你自己有帮助,可以在我这儿倾诉一下。"

苏静掏出一张信纸,她说自己没勇气亲口说出这件事儿,就提前写了下来。她将信纸递给陈阿姨时说:"他就是用这个秘密控制了我和我爸。"

1996年7月,12岁的苏静和15岁的玩伴在村旁的山坡玩耍,两人举着望远镜轮流观察坡下一片竹林。苏静看累了,坐到一棵树下休息,同时命令玩伴继续"观察"。约半小时后,玩伴忽然将望远镜猛摔在地上,惊慌失措地逃走了。

3年后的某天,玩伴突然到苏静家里提亲,父亲不容苏静反对(她当年还在读初三),强迫她嫁给了玩伴。

婚后苏静才知道,玩伴当年在望远镜里,正好看到她的父亲在竹林中,举着锄头挖出了一具枯骨,装进了身旁的竹篓里,盖上猪草,背走了。玩伴惊慌失措跑回家,将此事告诉了家人。

村庄的坟址并不在竹林,那本来是一片野林子,当时刚好承包出去。苏静父亲挖走的那具枯骨,很容易指向她失踪的母亲,那个被拐卖进村、十几年前消失了的黑户女人。

苏静父亲被要挟,对方说只有两家人联姻,才能共同捆绑住这个致命的秘密。

6

苏静的信纸上牵涉的这桩残忍的命案,查无实据。凶手于2012年自缢身亡,受害者的尸骨下落不明,而当年掐住秘密的要挟者们(苏静的丈夫和公婆)也都已身故。这场乡村荒诞惨剧就像没发生过一样,这些年,只深深折磨着苏静一个人。

2017年国庆节,陈阿姨组建了一个狱内心理情景剧演出团。在征得了苏静的同意下,她将苏静的经

历改编成了一部心理情景剧,取名叫《望远镜》,报幕词是:

"原本两个想看见大山外面的小孩,突然窥见了大山内部最黑暗的那部分。他们的命运从那一刻就被裹挟了,那就像山村里发酵出的一个黑洞,要生吞所有触碰过它的人。"

尽管剧本没能通过教改科审核,不过陈阿姨仍旧欣慰,在苏静同意担任心理剧主角的那一刻,她获得了一种前所未有的成就感。

前几天,我从陈阿姨处得知了一个关于苏静的好消息。

她参加"全省监狱劳动技能大比武"夺得了缝纫项目的金牌,一家服装厂的老板当场拍板,承诺苏静出狱后就能去他的厂里担任技术骨干。

2019年第一季度,苏静获得了第三次减刑,她的余刑已在10年以下了。

4

卧底狱警的至暗时刻

1

人的命运总是不可捉摸，可能忽然就会在某一年，人生陡然滑坡，运势一落千丈。在段军的人生中，2004年就是这样时运不济的年份。这一年，他27岁，身上的警服才穿了两年，而且臂章上挂的还是"司法"——23岁警校毕业后，连续两年考行政岗被刷，他觉得，"公安"二字大概是真跟自己无缘了。

新年刚过，糟心事就一件连着一件。

第一桩就是健康问题。原本176厘米、72公斤的他突然开始发胖，体重一度飙升到90公斤。接着，"脸上像被霰弹枪喷过一样"，长出了许多油痘子。去医院体检，也没查出什么大问题，医生只说他是"抑郁性发胖"。

段军一头雾水:自己也没遇到什么大事,怎么就"抑郁"了?

第二桩是婚恋问题。当时,父母做主给他订下了一个胖墩墩的未婚妻。他对女方的身材倒不挑剔,只是不太喜欢那种冷薄面相的女孩儿。小时候在医院挂盐水,扎针的护士就跟未婚妻长得一模一样,他挨了那护士七八针,原本39摄氏度的体温硬生生被吓到了40摄氏度,这么多年心里都有阴影。

可段军家教甚严,婚恋大事自然不敢抗父母之命。

第三桩是他被转了岗。他平日里一直很好说话,一天,一个患牙周炎的犯人朝他张开血盆大口,痛苦地求他捎带会见包裹,说里面就是几支消炎牙膏。那个当口儿,监狱管理局已下达了通知,要求各监管场所拒收会见物品。可段军想了想,觉得还是该帮一把。几天后,督察组就找他谈话了,走完一套质询程序,他被调去了老残监区。

本来立志于抓坏人当英雄,现在却彻底翻了个面,段军只能自我安慰:"狱岗的上升渠道本就狭窄,老残监区也有好处,起码清闲、更适合混日子。"

自打人生规划被接连打折,段军开始对什么事儿都不上心了。去老残监区报到那天,他忘记佩戴胸徽了,教导员自始至终一个笑脸都没给他,欢迎仪式的过场也没走。所有同事都对他板着面孔,他就自己含着胸走去工位。

办公室7张工位,他坐最后。桌子是临时加的,三合板,上面有一大摊结了硬斑的胶水。第一天上班,他一直在和这堆胶渍较劲。

2

作为老残监区的新人,段军每天都在为各种琐事忙前跑后。时节已入了夏,段军的警服常常一天要被汗湿好几遍。

一天,他去水房巡查。水房30多平方米,水磨石的地面,水泥的盥洗池,墙皮发霉翘边,四周阴暗潮闷,头顶架着晾衣竿，挂着一连片的湿被单，水声一直滴滴答答地响。段军循声望去，盥洗池里有一只蓝色塑料盆，一个生锈水龙头正不停滴水，走到近处，他忽然被吓了一跳：一条毛巾浸在一堆肥皂泡里，毛巾下面盖着的是一整条小腿，腿肚子上还贴着几片膏药。

他赶忙跑回副班身边，惊呼道——"水房池子里有条断腿！"

副班是位老狱警，泡着茶，拉低了一下老花镜，放下报纸，开玩笑地说："嗯，带去伙房开荤。"

段军急得跳脚，非要拉着老狱警去看。

老狱警走到前面，不一会儿，拎着那条腿走到他面前，骂道："你小子是不是警校刚出来的？什么心理素质啊？那是假腿！"

段军后来才知道那条义腿是老董的。

老董是老残监区的后勤组员，负责监区卫生清洁，40多岁，一位黑壮大汉。他因一起交通事故逃逸获刑17年，也因为这事儿间接丢了左小腿。

3

一群又老又残的犯人堆起来过日子，麻烦事儿不断。

一天，段军叫老董赶快提着消防水管跟着他去106监舍。

等到了监舍门口，就见一个缺牙老头正一手拎着粪桶一手拿着碗，舀一瓢泼一瓢。犯人们啸叫着东躲西藏，段军哑着嗓子命令老董："给我冲！"见老董有些迟疑，段军又喊了好几遍。

老董扳开水阀，水柱击中老头，击中了粪桶，屎尿溅到了天花板上。老头被水柱压着后退，撤了两三步顶不住了，瘫在一摊浑水里。

四处冲完了，段军让老董去吸烟房歇脚，然后命令监舍的犯人清理卫生。犯人们骂骂咧咧都不乐意，没想到老董却说："还是我来吧。"

话音刚落，老董的右脚就大大方方地往前迈了一步，身体晃一晃，义腿快速跟上，屁股抬高一下。不一会儿,他端来一个脸盆,倒了半瓶开水,再兑上自来水,取了毛巾递给那老头,让他洗脸。

监舍里的犯人都出来了,里面就剩下老头和老董。老头洗完脸,也帮忙泼水冲地,老董就拿着拖把,两人一句话都没说。

段军在一旁看着,心里忽然有点儿难受,背着手离开了。

泼粪老头叫黄金元,晚上经常拉稀,厕所冲水声太大,怕吵醒其他犯人,监区就给他配了一个加盖粪桶,自行清洁。

黄金元有个精神病儿子,在村里杀了人。法律管不了,黄金元就自己动手,一锄头了事,如今已经蹲了10年了。

眼下已入了秋,黄金元去请示段军,说家里麦子熟了,要请假7天,回去抢个农忙。段军甩脸骂了他一顿,说:"把监狱当度假村呢?坐牢还想着请假!"没想到黄金元脾气犟,回到监房就泼起粪来,把监舍当成自家的一亩三分地。

黄金元的老伴也是智障，这次发脾气，他是想到接济老伴的亲戚刚去世，眼下老伴在家里肯定过着揭不开锅的日子，只有自己回去秋收，才能给老伴留够粮食。段军不知道这些隐情，认为黄金元是在哄监闹事，准备处分他。老董就来找段军，跟他讲了黄金元的苦衷。

因为"消炎牙膏"的事儿，段军本打定主意，不再对任何一个犯人动恻隐之心。但黄金元老伴的生计似乎比"牙周炎"更紧急，他还是决定跟监区申请，想联系当地司法局给黄金元的老伴办低保。

按照段军掌握的实际情况，黄金元的老伴完全够得上纳保要求，但教导员却一巴掌拍在办公桌上，朝他吼了一句："做你分内的事儿！"接着，又给他做了半小时思想教育，想要做好罪犯的工作，已经很不容易了，哪有闲工夫操心罪犯家属的事儿！要分清警犯界限，不要破坏"恶有恶报"的基本正义观点。

段军觉得教导员的话很有道理，回到监区后，他找黄金元谈话，问他要了家庭地址，然后让他回去安心改造。黄金元说："我老伴饿死化成蛆都没人知道，怎么安心？"

段军就问："你老伴生活能自理吗？"黄金元点点头。

"明天开始，我每周给你家寄粮油，按你们当地低保标准再寄一点儿生活费过去。你给我踏实改造，多拿奖励分，早一天出去，早一天还我这笔花销。"

黄金元是个木讷的人，没好意思说谢谢，傻乎乎地转身就走。走到监房口，老董挡住了他，掐住他的手腕，一瘸一拐地拖着他走到了段军面前。

老董捅一下黄金元的胳肢窝，让他说"谢谢警官"，黄金元说："对不起了段警官，给你添麻烦。"

4

老董比黄金元小一轮，两人刑期相当，半年后同天刑满。他们在监舍里的关系好到不寻常，同改们都说他俩搞同性恋。没过多久，段军还收到一份专门说这事儿的匿名举报信。教导员让段军好好查查。

段军仔细查了一番,又调取了东西水房的几处隐秘角落的监控,都没发现两人有这层关系。不过,举报人倒是对上了——虽然是匿名信,但犯人每周要写思想汇报,比对了一下字迹,这个人很快就被段军找出来了——这人才被老董打过。

段军在周会上通报了审查结果,批评了举报人,但没点名。举报人是个老年猥亵犯。不久后的一天,趁着段军组织罪犯集中收看《新闻联播》时,老猥亵犯溜进水房,用囚裤在一处监控盲区自缢身亡了。

段军立刻被停了职,检察院以玩忽职守罪起诉了他,法院认定罪名成立,但情节轻微,对其免于刑事处罚。

段军脱了警服。

后来,段军就想起第一天上岗时忘戴胸徽的事儿,那简直就是个不祥之兆,预示着自己再也戴不上了。

丢了工作的事儿,段军瞒不住。那时候,他才刚从家里搬到监狱附近的出租屋没多久,父母勒令他立刻回家，听从后续安排——他们准备找找后门让儿子进国企。

胖墩墩的未婚妻开车来出租屋接他，两人已经不冷不热地处了小一年了。路上，未婚妻一直说些有的没的，不断发着牢骚。段军吼了一声"停车"，未婚妻不吭声了，一路安安静静地将他送了回去。

下车时，未婚妻忽然说，过几天让爸妈来退婚。段军赌气说了声"谢谢"后，重重地摔上了车门。

上了楼走到家门口，他心里忽然蹿起来一撮小火苗——活这么大，他从来没敢做过任何"叛逆"的事儿，可到头来还是混成了这副样子。

他缩回敲门的手，扭头就跑。凌晨，回到出租屋，瘫在床上，喝酒抽烟。接下来半年，段军都是这样，"混到没人形"。父母来过几次，打骂都不管用，父亲跟他撂了气话，要断绝亲子关系。母亲求和过几次，也煲汤送来过几次，他仍旧不愿回家。

某天中午，段军突然被一阵敲门声惊醒。打开门，狭窄的楼道里站了七八号人，领头的是老残监区教导员和狱侦科科长。

教导员瞥了一眼屋内,说:"你小子没出息到这地步了。"

段军不好意思招呼人进去,科长让他穿衣服,去监狱食堂包间聊点事儿,大伙儿在车上等他。

等到了食堂包间,一群人围住他,科长开门见山,说周围坐着的都是市缉毒大队的朋友。段军笑了笑,说自己虽丢了工作,但还不至于去搞违法犯罪的事儿,这么兴师动众地找自己做啥?

一个健壮的中年男从身后递来烟,问他:"你警校毕业报考的第一志愿是刑事侦查?"

段军转过身,见中年男正拿着一堆档案,就问他到底什么意思,平白无故地就要查底细。

科长走过来说:"找你是请你帮忙。"

原来,市缉毒队最近盯上一条跨境运毒线路,两个"背夫"是老残监区的刑释人员。境外贩毒势力不好打击,但警方想摧毁国内的整条运输网络,背夫暂时没抓。这些人都是靠命换钱,被毒贩拿来挡枪子的,抓了也交代不出什么名堂。但缉毒队希望段军能跟那两人一起参与运毒活动，摸清楚整条运输线路。

段军问："哪两个人在搞毒？"

科长没回答，反问他："你是不是给黄金元家里寄过钱和粮油？"没等段军回答，科长接着说，"他就是背夫之一，前段时间往老残监区寄来一大笔钱，指明要还你，缉毒队的同志这才找来让我搭根线。"

中年男在身后补充了一句："这活儿有点儿危险，你自己拿主意。"

科长又将手放到他肩膀上，说："反正只要破案立功了，我这边有个内部工人岗（相当于内招的合同工），随时为你保留。"

段军想了一夜，当初考警校就是想破案、想立功，理想不仅没实现，现实还抽了他的大耳光，本以为能混混日子，结果连警服都被扒了。最后，他决定给缉毒队当线人。

很快，缉毒队就把段军送去了戒毒所。狱方故意退回了黄金元的钱，让黄金元把钱转送去戒毒所——

这是为了误导他相信,那位曾经的善良狱警,如今已堕落成了吸毒人员。

5

戒毒所每天下午要干手工活儿,一人缝5个皮球。活儿很难干,捏住一根长针,锥透厚厚的人造革球皮。手上没长老茧的,缝一个球要褪一层皮,等老茧长厚了,冬季干燥,手指缝全都会裂开,干起活来,缝纫线往肉里扯,缝上去的都是血线。

用同戒们的话讲,这活儿"很不雅"。

段军在戒毒所熬了一周,黄金元还没来"上账",他熬不住了,想找管教打个通信电话,跟"组织"要个情况。他本以为方方面面的关系都到了位,还想暗示管教安排他一点儿"免劳"差事。没想到,管教却劈头盖脸骂他一通,还给他加了两个皮球的劳动量。

段军这才知道,缉毒队为了伪造他的吸毒身份,动真格了。他已骑虎难下,手疼得端不起饭碗,晚上翻来覆去睡不着,只盼着黄金元速来"还恩"。

每天清晨开饭后,外务员都会到监舍门口宣告加账名单。第二周,段军终于听到了自己的名字。外务员对他喊,"加账2000"。他倚在铁门处追问谁给加的?外务员说,写的是"段先生"。段军脑子一闷,骂了一句粗话——戒毒所按规矩办事,他这个"强戒人员"的收管通知单肯定寄去了家里。

同一天,父母的亲笔信也寄到了,二老在信中悔恨不已,说不该送他念警校,断定他当狱警期间接触了坏人,才一步步堕落到这副样子。信纸上都是泪渍,段军没心情读完,揉作一团。

又熬了一周。一天清晨,管教突然在门口喊了他两声。他从被窝里迅速爬出来,喊着"报告",提着裤子站去门边听指示。管教开了门,下达了"出仓"口令。他踏着正步走出监舍,被带去了办公室。

刚到办公室门口,管教忽然变了脸,笑着过来挽他一把说:"你的情况我已经知道了,这段时间受苦了,咱们这是假戏真做，戒毒所耳目众多，万一出纰漏，对你后面的工作可能造成致命影响。"

段军有点儿生气，但也不知道该说什么，就问管教什么时候放自己。管教掏出释放证明和一部手机，递给他说："今天就放。"而后又强调，那两人前面给加过账了，3000块，但那可能是运毒的赃款，就没走所内的入账程序，所以也就没通知，"多关你几天，起个缓冲作用。让你出去主动联系他们，不至于让人生疑。不能前脚给你上账，后脚就放你出去。"

出了戒毒所，段军按照"组织"提供的号码打给黄金元。黄金元似乎很警惕，先喊了声"段管教好"，接着又问他哪里来的号码？段军说："知道我穿过警服，弄你个通信方式还不是分分钟。我大账上的钱是不是你上的？这边说你们两人来的，还有一个是不是老董？他在不在你旁边？不知道问候我一声啊？"

黄金元沉默了一会儿，接着手机里传来一声沙哑的"段管教好"，确实是老董。段军骂道："你们两个狗日的，是不是发财了？从哪儿知道我在戒毒所的？

还有，你狗日的老董，老子被扒了皮（警服），一大半原因怪你。你们塞3000元给我，就算报恩了吗？"

那头沉默了一阵儿，段军继续骂道："你们那点儿钱我早就花光了，父母也跟我断绝关系了，这都是你俩害的。快来门口接我，我今天释放了。"

6

老董开着一辆电动三轮，带段军离开了戒毒所。三轮内摆着两张竹凳，黄金元挨着段军。

两人租住在郊县的民房，屋顶上冒着几根枯了的藤草，屋内烧着一个煤炉。老董招呼段军进屋，一瘸一拐地拿来了电暖扇。段军被照得刺眼，背着手在屋内转悠："你们两个心真大，出门竟然不熄煤炉，烧了房子怎么办？"见黄金元进屋了，他指了一下里间，说："里面还有个睡着的？"

段军往那儿去，老董晃了晃，挡了过来："是个孕妇，你进去不方便。"

段军说："你俩一个50多岁，一个60多岁，和一个孕妇同居？是你们什么人？"

两人都没吭声，黄金元从床铺底下掏出一只洗衣粉袋子，里面塞着两沓钱，用橡皮筋绑着，三四万元的样子。黄金元抽了一沓，也没数，大概有1万元，递了过来。段军愣了一下，立刻接过来，往口袋里揣，又赶忙补上一句："还算记恩。"

等了一会儿，段军把钱掏出来点了一遍，8000多元，他又补了一句："还是那句话，我丢了铁饭碗，一半原因怪你们，这点儿钱养不了我终身，况且你们也知道我玩儿那东西，花销小不下来。你俩肯定有发财路子，拉我上车。"

老董板了面孔："段管教，我们只有这么点儿经济能力，您拿着钱去镇上开宾馆住，爱玩儿什么玩儿什么。"

也许几人话声太大，里屋门开了，走出了一个黑瘦的大肚妇女，打着哈欠，扶着腰。老董让她滚回屋内睡觉。段军抖了个机灵,抢了一步,走进里屋,把门"砰"一声摔上,在里面喊:"老子瘾上来了,得眯会儿。"

里屋窗上贴满了报纸,床边摆着一只粪桶,到处都是一股酸腐味道。段军捏着鼻子瞅一下粪桶,里面全是避孕套。段军判断这3人在搞体内运毒。段军将套子捞出来数了一遍,一共200多只——平均每人每次带货300多克。

段军在床上装模作样地躺了一阵,然后走到门边,耳朵贴上去。屋外传来女人激烈的说话声,喊自己饿了。老董骂了一声,说开工前一天不能吃喝。

这时,段军的手机振了几下,屏幕显示信息写着:混入运毒队伍。

段军推开门,伸着懒腰走出里屋,煤炉熄了火,老董斜坐在一张破烂沙发上整理行李,大肚子女人靠在墙上闭目养神。段军打了一声哈欠,老董回过头说:"段管教,你赶紧去镇上开间宾馆吧,天快黑了,屋里不留人。"

段军问:"你们这是要去哪儿?"

黄金元也进屋了,提了提腰带说:"去远地方,您去镇上吧,这儿也没吃的招待你。"

女人挪到段军身后,问黄金元:"这小伙子是谁啊?"

老董驱她去里屋。女人骂骂咧咧地走到门边,倚在门框上嗑瓜子。老董夺下她手里的瓜子。女人就骂:"我肚里还有娃呢,挣你两个换命钱太受罪。"

段军顺势往沙发上一躺,身体压住了几个包裹:"你们肯定是要出活儿挣钱,你们不带上我,你们就出不了这门。"

黄金元急了,凑到段军面前说:"这活儿您干不来。"死活不带段军。"段管教,这活儿要出一丁半点的差错,你是最吃亏的,你怎么就不明白话呢!"

老董举着煤钳来驱段军,段军闪了一下,顺势伸出脚。老董跌坐在地上,骂道:"你他妈非得蹚浑水,行行行,你他妈别后悔,我们对你仁至义尽了。"

7

凌晨4点,老董将电动三轮开到县高速旁的小路上,等了约一刻钟,一辆大巴驶了过来,远光灯闪得段军睁不开眼,看不清车窗前写的抵达地。

上车睡了一觉,天亮了,段军见周围坐了好几个孕妇,前后还有几个病恹恹秃顶的男人,后排甚至窝着两个10岁不到的乡下孩子。大巴在高速路上飞奔,太阳越升越高,有人猛烈咳嗽,有人开始吃药。

段军有些心慌,眼前显然是一个颇有规模的贩毒集团,他们网罗了一批特殊人群,搞大规模运毒。扫了一眼,一车大概有小20人,他偷偷发了一条信息出去,发完心里又感到后怕——有能力控制如此规模的运毒人员,背后肯定有武装力量。

车子一路疾驶,路过几个服务区都没停下,所有人都不允许吃饭,只能少量喝水。车上的人睡睡醒醒,约10小时后,到了中越边境线,所有人又换乘上两辆金杯面包。段军迅速将手伸进口袋,摸到手机,盲发了大巴车和面包车的车牌号。

车子在异国境内行驶了半小时，进了一大片青黄的山林停下了，没熄火。所有人被司机赶下了车，最后一个动作稍慢的孕妇几乎是被踹下去的。司机拉上车门扬长而去，几个健壮的配枪青年从树后闪出，所有人迅速被蒙上眼睛，自觉交出手机。

段军害怕自己的手机被他们看出端倪，挤到人群后面，掏出来扔进了草丛里。

有人拿出一盘麻绳，一众背夫被强迫像拔河那样抓紧绳索，有人往前牵引，众人慢慢随行。

步行了很久，段军用步数测算，得有三四千米，才终于到达了目的地。那是一栋山顶木屋，众人被关了进去。所有人看似都很淡定，一进屋就摘了眼罩，自觉脱了衣服。段军愣了一会儿，老董一把将他拽到身边。

黄金元已伸手帮他解开衣服，身旁的大肚子女人早已脱得精光，用外套挡着下体。

段军小声问老董为什么要脱衣服，老董没吭声。

不一会儿,门开了,持枪青年拿来了电子秤。所有人挨个站上去过秤,有人记录下他们的体重。称重完毕,又进来几名当地人,他们手上端着大铁盆,挨个放在地板上。盆内都是用避孕套包装后的毒品,浸泡在花生油里,形状如同大号蚕蛹。持枪青年说了一句蹩脚的中文"快点吞货",然后就锁门离开了。而后,所有人开始用自己的方式吞货,为了安全起见,段军也尝试着吞货。

8

等众人下山,便全部分散开了。此时,老董这类角色才开始发挥引路作用,他们都有各自不同的渠道返回国内,有人熟悉丛林密道,有人贿赂边境线的小官员——当然,最"难"的线路在国内,武警会指不定在各种地方设卡,牵着缉毒犬上车溜一圈。

武警通过问话,可闻辨可疑人员嘴里的橡胶味,以及因为长时间不吃不喝而不太正常的脸色。曾有人因紧张害怕，当场上吐下泻，一百多包货被当即缴获，而下体塞了货品的妇女最怕缉毒犬，狗会兴奋地将鼻子凑上去，跳起来狂吠。而老弱病残孕，则因为能让检查的人多少在心理上放松警惕，成了毒贩们用来带货的"首选"。

毒贩最怕的就是瘾君子带货，这群人一来容易藏私、半路逃掉，二来容易中途犯瘾，提高被捕的概率，而且被捕后肯定拼命想立功，什么事都说。所以毒贩是严禁瘾君子当背夫的，老董拉段军"上车"，确实是冒了极大风险，加上他和黄金元还帮他吃货，几乎算是用命报恩了。

老董的线路很稳妥，在一个重要关卡处，段军看见他和一个越警军官说了几句话，盘查队伍便没有为难他们。上车时，老董又塞给对方一卷钱，对方递给他一个报纸包裹的、沉甸甸的物品，看上去像枪。

段军忽然想起老董过往的经历，问他以前当兵被裁，是不是跟这个有关系？老董坦然承认。段军恍然大悟，说："那你是搞这行当的老手了呀。"

老董说："再是老手，这活儿也不是个长久的事儿，这趟我带你安全上岸，你拿了钱赶紧找点正经事儿做去。"

他们4人终于上了返程黑车，大肚子女人中途不安分，偷了其他乘客包里的一个苹果——黑车在乡间小路上颠簸疾驰，女人恶心得受不了了。

幸好是半夜，老董找了个借口喊停司机，也没引起什么注意。4人走进了一大片撂荒的农田里。老董拽着女人的手臂，将她丢到一棵树后面，让她排干净货，然后再吞进去——因为下一站关卡最严，货不藏在肚子里，弄不好就会被武警查出来。

女人拉了几包货，没了便意。等她将货都费劲吃下去，突然又喊肚子疼，反反复复，天已渐亮。老董毛躁了起来，一直骂个不停，女人忽然大喊几声。黄金元从包里翻出电筒，绕到树后一照，女人坐在一摊血水里——她怀孕8个月，眼下要早产了。

老董急得抓耳挠腮，不停咒骂。黄金元嚷嚷着要赶紧将她下面的货弄出来。段军当时傻了，脑子里只想一件事——将人送医院。老董拽了他一把，让他搭把手。两人摁住女人的双腿，黄金元从她下体抠货。女人疼得翻滚，双腿乱蹬。

段军松开手喊："送医院吧，要出人命了！"老董没吱声，他站起来，将女人一把架起，让黄金元使劲儿捶她肚子。黄金元不敢，老董一声怒吼："不把货带走，谁都别想活！"

黄金元狠狠心，一拳打在女人小腹上，她干呕一声，嘴巴里吐出来四五包货，双腿间流下来一股弯曲的血水。老董喊："再来！"段军立刻扑上去，一脚踹倒黄金元，背起昏厥的女人，想往远处的村庄跑。

老董挡到段军前面，手里抓着一把乌漆漆的枪，枪口对着段军的腹部。他喘着气，说："段管教，您这么干，先害死您自己，去了医院您脱不开身，肚里还有150克货。"

段军没搭理他，继续往前走。

老董又挡上前，他压了压枪口，说："您这救人不要命的劲儿，不像玩儿那种东西的，您是那边的人吧？"

段军满身大汗，背上的女人已疼得不行，每一声呻吟,在荒地里都显得无比清晰。那个黎明,是段军人生中的至暗时刻,他有不祥预感,有人会等不及天亮。

段军盯着老董,两人足足有十几秒的对视。黄金元上来劝和,慌慌张张地让他放下女人,让他听老董的话。段军大吼一声:"我一天是你们的管教,你们一天不学好,我就一辈子是你们的管教。老董你要开枪,我也没本事躲枪子。你们要悬崖勒马,什么事儿都还有余地。"

"砰"一声巨响,段军忽然感觉被谁猛推了一把,左腿好像凭空消失了一般。他向斜前方倒了下去,女人从他后背滑落,血从他膝盖上面冒出来。

黄金元冲上去夺老董的枪,喊着:"你咋真开枪!你咋跟段管教动真格……"

老董也很惊慌,像是下意识间扣动了扳机。段军挨了一枪,脑子反倒镇静了很多,身旁的女人还在大出血,天越来越亮,远处农舍的烟囱已飘着炊烟。

段军对老董喊:"你俩早就被盯上了,我的任务就是摸清你们的运毒路线,你现在就算打死我和这女的,你们回去照样被捕。你放了这女人,我放了你俩。

你们现在逃，还来得及，等手上沾了血，你们就逃无可逃！"

黄金元也在一旁劝老董，说："你别为了点儿钱干这伤天害理的事儿。你把枪给我，我都是要死的人了，我来顶这里所有的事儿，你逃，你快逃。"

老董朝黄金元吼道："你懂个屁，我们丢了货就是丢了命，咱俩前面的努力都白费了。"

9

在老董和黄金元的争执中，段军才知道，黄金元在出狱之前，肚子已经闹个不停了。

监狱每个季度会安排医院专家入监会诊，老残监区帮黄金元报了名。当时，医生明确指出他需要做肠癌病理筛查。按道理，重大疾病需保外就医，但他的情况特殊，一来狱外没有接收他的家属——他那个智障老伴连自己名字都写不出来，更别说签一大堆保外文件了；二来黄金元当时的刑期已经不足半月，很可能保外审批程序没办下来,他就刑满了。

所以,病情又拖了一阵。拿黄金元自己的话讲,就算给他及时保外就医,他也没钱治病,"这条命没了就没了,主要心疼老伴以后吃不上饭。"

这些事儿,老董都看在眼里。

黄金元每天都在琢磨怎么能拿这条烂命换点儿钱。老董便想到拉他运毒这条路——他自己也没什么帮人的能耐,而且自己也夹带了点私心,毕竟残了一条腿,出狱后搞定生计是个大问题。于是,老董和黄金元商定,在黄金元丧命之前,让他挣一笔。每次酬劳,老董抽三成,留七成给黄金元老伴做养老金。

这个大肚子孕妇原本不是老董这条线路上的人,她老家不在广西,而是嫁到这里,要帮丈夫还赌债,才加入了一条运毒路线,可不知什么原因掉队了,恰好撞上了老董和黄金元,死皮赖脸地要加进来。老董要抽成,女人第一趟自觉交了一半的费用,摸清上车线路后就想单干,被老董要求干满5单,否则她去路容易,归途会很难。

而老董买枪,也是为了黄金元——黄金元曾说,他想死得硬气一点儿，窝囊了一辈子，熬不过病魔时，就给病魔喂颗子弹。

天更亮了，黄金元双手钳死老董腕部，让他收枪，压着音调劝道："放过他们，我们走，我们走吧……"

摩托车的声音从远处传来，呜啦啦的音调越来越响。

老董的脸颊被晨光照亮，段军见他脸上爆出一条条青筋，两侧咬肌鼓动着。他一辈子忘不了那张愤恨的脸，他不清楚老董那一刻在愤恨什么，但他可以确信，老董脸上那股扭曲了表情的力量，是在恶念里挣扎。

老董最终收起了枪，他和黄金元从荒地向东边逃窜。段军努力坐直身体，看着两人一颠一撞的背影消失在薄纱纺的晨雾中。

10

当地农民将段军和那女人送进了医院，他们体内的毒品在医生的帮助下得以排出。段军被铐在医院的病床上监视居住了9天,身份最终得以确认。他腿上的枪伤并不严重,老董的枪法只给他留了个无碍的伤疤。

这些天,段军几次向护士打听女人和孩子的安危。护士以为他是女人的丈夫,没人给他好脸色,甚至有医生当面对他啐痰,骂他畜生。

在解铐的那一刻,他冲进妇产科办公室,随手抓住一名医生,问:"那个运毒的女人在哪个病房?"

医生说,转去警方指定的医院,监视居住了。

女人身体里排出500多克毒品,这是那个小乡镇上碰见过的最大毒品案。警察都很兴奋,方方面面都很稳妥,不容半点儿差错。

"孩子活了没?"段军又问。

医生笑了一下,说:"谁知道呢。"

离开医院,段军在"组织"的协助下返回了租住地。到了租住地,他发现自己的生活物品被归置在杂物间,新房客揉着眼告诉他:"房东让你补缴房租。"

那一瞬间,他觉得自己像从战场上溃败而退的逃兵。

那个夜晚，段军倚在杂物间的铁栏门上，抽光了一包烟，脑子里盘旋着各种问题：

"那个女人的孩子保没保住？女人身上的毒品克数已让她没有任何免死的可能。老董和黄金元逃去了哪里？什么时候被抓？接货的毒贩会怎么对待他们？"段军说他感觉糟透了。

以前每年"6·26"国际禁毒日，段军都会亲自给服刑人员上警示教育课，敲着画报上一个个接受死刑判决的涉毒罪犯，他斩钉截铁地下着"恶"的定论。这么多年的学习和工作，让他牢记着一句话："无论经历多少生活的苦难，都不能成为作恶的借口。"

但即便是这句话，也始终没能消解段军那晚的失落。

这次行动结束半个月后，狱方给段军安排了一个岗位，算是对他身负枪伤的补偿。

2011年，34岁的段军在父母的安排下与一名幼教结婚，第二年生下女儿。过着朝九晚五、两点一线的平凡生活，平静得像一面照向蓝天的镜子。

关于老董、黄金元的下落，他再也没打听过。

2017年，中越边境联合扫毒，案件最终告破。段军在一份内部案宗中看到，有一个弄丢货品的孕妇被毒枭杀害，尸检报告惨不忍睹——那是他随手翻开的内容，只看了一眼，他就迅速合上了。

他跟我说："我有天梦见了老董。梦有时候很奇怪，你已经忘得干干净净的人，会突然出现在梦里。梦里还是他走路的样子，右脚大大方方迈一步，身体晃一晃，义腿太沉重了，没能跟上，整个人都摔了出去……"

5

女监里的向阳花，开出高墙外

这是一个关于特殊团体——"向阳花艺术团"——由女犯组成的艺术团的故事,讲述者是邓虹警官。

1

2012年邓虹40岁。这一年的生日,她是和24名女犯一起过的。

那天她本不当班,约了老公、孩子、公公、婆婆和自家二老吃船宴。但主班同事家里遇上了万分火急的事儿,只能找邓虹顶班。

24名女犯是"向阳花艺术团"的文艺犯,3人一组联号(3人一组互相监督),8组成员穿着统一的蓝条纹T恤、人挨着人、端端正正地坐在蓝色塑料小板凳上。

身高172厘米的邓虹挎着武装带走上讲台,清了清喉咙,问:"知道为啥把你们集中过来?"

女犯们有些骚动,有人带头喊了一声:"宣布'向阳花'解散呗。"

解散艺术团这事儿,女犯们早就听到了风声。眼下的改造形势,重点还是抓生产,艺术团半工半演,空降的副监狱长容不下此类无产值贡献的小团体。因此,按要求,艺术团成员将全部下放至各劳务监区,搞劳动改造。

邓虹叹了一口气,说:"'向阳花'成立两年了,做出的成绩有目共睹,但眼下的改造形势还是以劳动为主……"才讲完这句,底下就有人开始抹眼泪了,邓虹心软了半截,宽慰大家说,"将来此类团体还会再成立的,大伙儿还是有机会再聚的。"

三两个犯人开始抱在一起,相互安慰。很快就有人起哄嚷嚷:"都是'小三组'害的。"

"小三组"就是第三组联号成员——3个快刑满释放的年轻女犯,她们本来在歌舞组,因余刑都不长了,便调去配电室管理音响和灯光设备。狱内艺术团的硬件设备简陋，一个人手足以搞定所有的活计，但"三联号"制度不能违反，哪怕捡个垃圾袋，都得3个成员一起伸手。

小三组里有人起身对骂："什么叫被我们害的？这是政策！"此人个头儿很高，身形纤长，肤色白得晃眼，外号"白狐狸"，是个诈骗犯。

"白狐狸"显然惹了众怒，大伙儿一起骂她："就是你们害的！"

事情缘于前几日的纳凉晚会上，舞台突然断了电，后来查事故原因，是小三组的3个人在配电室里围着一块发黑发黄的拖线板啃西瓜，西瓜汁滴入插孔内引起短路，舞台突然熄了灯，音响也灭了，一出排练了半个月的《舞动青春》在黑暗中仓皇谢幕。

狱内大小领导都坐在台下，有人当场就拍了桌子，全监2000多名犯人扫兴而归。这是"向阳花"成立至今出过的最大洋相，眼下团队解散，没人不怪小三组的。

邓虹那天也在台下坐着，太清楚什么状况了。此刻这番情形，让她很恼火，拍了拍警务台，喊："都停了都停了!"

还有人在嚷嚷,"白狐狸"起身和她们争吵拉拽,一副要干架的样子。

"你就不能给我点儿面子,我今天生日呢,还在这值班。"邓虹吼道。

白狐狸这才缩了手,大厅里顿时鸦雀无声。

2

向阳花艺术团的成员没人不认邓管教的好,"白狐狸"更是。

24名女犯中有15个是妈妈,每年的三八妇女节、六一儿童节和母亲节,是女监里泪水最多的日子。邓管教总会在工作权限之内,尽量在这三个节日里让她们抱抱自己的孩子。

"白狐狸"原名叫高月香,1989年生,16岁便在农村老家生了孩子,因和婆家闹矛盾,20岁独自进城务工,在网吧当收银员。工作小半年后,找了个大她

20岁的情人，男人一头卷发，戴着眼镜，每次来上机都捎杯奶茶给她，"虽不是什么值钱东西，但难得有人长期这么做，老家那位还从没给过我一张好脸"。

大城市令她备感孤独，奶茶却是温暖的，"白狐狸"一感动，就答应和男人一起吃饭，两瓶啤酒下肚，又答应去他那个邋里邋遢的出租屋看看。而后，她在那里一住就是整整7个月，每天被男人锁在一台破电脑前，赤身裸体和QQ里的几百名男性好友聊天，骗他们往一张农行卡里打钱。

那个出租屋就在闹市口，男人用5元一把的小挂锁限制她出入。实际上，她只要稍微狠狠心就有逃跑的机会，但要让她再解释，她就会发火："女人有时就是个矛盾体，自己也搞不清楚原因。"

要不是房东被门口堆积如山的便当盒和冒蛆的厕用垃圾袋吓到，"白狐狸"自己都不知道要这么半推半就地在那台电脑前"工作"到什么时候。

后来，房东报警了，男人"进去"了，她却还记得男人给过她的"承诺"："你就这样挣够50万，我就娶你，对你负责，疼你一辈子。"

那是2010年，回到乡下，事情没瞒过公婆，也没瞒住娘家。老公不让她见孩子，本来两人也没领证。她被撵回娘家后，受不了父母的责怪，半夜里蹚过一连片插了秧苗的水田，向认不清的方向瞎跑，"那是我生平最硬气的一回，谁也不靠，讨饭也要活下去"。

再上了QQ，仍有男性"好友"不停发来消息，她灵机一动，跑回家要了一张银行卡，将这群好色之徒挨个骗了一遭，到手一万二千多元。

12天后，她就"进去"了；4个月后，因诈骗罪获刑2年。

入监没几天就是儿童节，监区搞"亲情开放日"，高墙里的妈妈可以见到自己的孩子。"白狐狸"也想儿子，邓管教就帮她申请了会见名额，还帮她做婆家的思想工作，结果也跟着挨了一顿骂。

那个儿童节，"白狐狸"在监房里哭了整整一上午。一周后，邓管教给她捎来一沓儿子的照片，她这才知道邓管教是真心为她好，专门跑去做了家访，要照片来是因为实在做不通工作的下策。

3

邓虹是"警三代"。爷爷是新中国成立后的第一代狱警。父亲前几年刚退休,邓虹陪着他去政治处办手续,警号、警衔等物品上交后,满头银发的父亲像只被抽了筋的虾米,背一弓,空落落地回去了。"退休前,他还很有底气,觉得这辈子总算可以什么事都'放摊'了,好好去四处看看",等真的不用再穿那身警服了,父亲却忽然变了样,总念叨着自己穿着那身衣服时,哪个地方没办好、哪个方面还得补救。

男监和女监的管理方式差别颇大,父亲还是将这根"接力棒"交给了邓虹,有事儿没事儿都要跟她讲教改工作。

"他跟我说了3个带班原则:一是该帮的事儿一定要帮;二是管不好她们,但也别让她们变得更恶;三是过失犯罪、因部分客观因素犯罪的女性,狱警要更多地发挥'黏合剂'的作用,不要让她们带着仇恨回归社会。"

这些大道理说多了,邓虹难免会烦,她说自己的工作原则只有一条,就是真心待人,真心做事,其他的管不着。

近二十年的工作中,她没搞出太多教改政绩,"官"运平平,但人际关系却格外好。当然,从另外一面讲,的确做了很多不该做的事儿,吃了很多不该吃的亏。

眼下值得欣慰的是,大家都买她的账。再混乱的局面,她一急眼,谁都不闹了:"(40岁生日)那天,场面实在静得让我有点儿脸红。想自己哪来这么大号召力。"

"既然今天是邓管教的生日,小三组将功补过,给邓管教送个歌跳支舞。"有人突然提议,大伙儿纷纷鼓掌赞同。

小三组里有一个跳舞高手,是个哑巴,是扒窃集团从贵州山坳坳里拐出来的女孩儿,1990年生,肤色很黑,舞跳得极好,腰软得像没长过骨头,绰号"黑妹"。

"白狐狸"让"黑妹"去跳支舞,"黑妹"就大大方方地站到大厅中央,打着手语问邓管教,表示想跳一支《感恩的心》。然后,她双手交叉放在胸前,闭上眼睛,就起势了。

在向阳花艺术团,"黑妹"是台柱子。拿"白狐狸"的话讲,"黑妹"坐牢是命苦,没办法——但让她再说说这个小姊妹的事情，她就有些不耐烦了，"没什么好说的，说多了就是社会阴暗面"。

"黑妹"本就是个黑户，虽有过6次案底，但警方并没有在任何一个卷宗上标明她的户籍信息。上面写的好几处都是不同的"暂住地"，在珠三角的各大城市里都有过"黑妹"的身影。

"白狐狸"说她只想讲两桩事：一是2008年。当时18岁的"黑妹"在深圳一个商厦割了两个钱包，被商厦保安逮个正着。其中一个钱包是个名牌，价格昂贵，还没来得及转移，想着警察来了弄不好要进去蹲很久，"黑妹"为了脱身，拿刀片在自己头顶划了好几下，血流了一脸，又一直啊啊啊地乱喊乱叫。商厦经理也怕闹出人命，没报警，就把她放了。

二是2010年。"黑妹"在火车站"出活儿"，被反扒队的人盯上了，被抓时往胸口里拍了4根长针，各种挣扎，警察怕针扎伤了重要器官，将她送去医院监视居住，闹了1个来月，才让她那么点儿小案子进入正常办案流程。

两桩事讲完，"白狐狸"笑了，漫不经心地说："有点儿脑子的人都知道,要不是被扒窃集团控制了,她一个女孩儿家家的,哪能这么豁得出去啊!又不为一分钱,别说化妆品,卫生巾牌子都不认识几个……"

"黑妹"获刑1年半,服刑期间,各个监区都不想收这个"烫手山芋",狱政领导看这人有舞蹈特长,想把她在向阳花艺术团放一放:一来发挥特长,服务于改造;二来也给她个宽松的改造环境,免得再出什么幺蛾子。

刚放入艺术团那会儿,邓虹见"黑妹"是个好苗子,还专门请来舞蹈老师入监教了她几节课。"黑妹"学得有模有样,各方面都很争气,不到3个月,就在省局举办的服刑人员歌舞大赛上夺了金奖。地方电视台还录了她整支独舞,同改们在监舍里巴望着她出镜,终于等到了,脸上却打满了马赛克。

"黑妹"念邓管教的恩,舞跳得动情,大家似乎也都被她的情绪带了起来,不少人跟着唱起来——这支舞她们两年间跳了几十遍,今天是第一次献给邓管教。

舞毕,邓虹眼眶微热,说:"我去伙房要顿加餐,晚上聚聚,明天你们就要下分到各个监区了,今天吃顿好点的。"

向阳花艺术团这就算散了。

4

邓虹自己也没想到,向阳花艺术团刚解散,自己就迎来了一次工作大调动。她被要求去政工处报到,领导的意思是,邓虹这类"老好人"对接教改工作总是容易"越线",容易混淆警囚之间的身份意识,"早晚要出问题"。不如让她在政工处发挥自己的性格优势,一来可以服务于领导,二来可以给新警们做做思想工作。

接到调令后,她也只能服从。

上岗第一件事是编书——《罪犯扫盲教育工作心得》。虽然政工处清闲,朝九晚五没夜班,她还是主动打了调岗申请。上面觉得她是闹情绪,又给她说了一番"爱岗敬业,争当司法航母螺丝钉"的政教宣言。调动申请不仅没被批,还让她又领了桩新差事——把解散的向阳花艺术团再重组一次。

那段时间,省局又下发了个"搞好狱内文娱活动"

的新要求,各个监管场所必须成立一支文艺小分队,还有督察组来视察。领导刚解散了向阳花艺术团,面子不能丢,便交代下面的人——应付一下检查就行了。

邓虹跑了趟腿,将向阳花艺术团的文艺犯们都喊去了排练室,这才发现少了两人。大伙儿告诉她,"白狐狸"和"黑妹"已经刑满释放了。邓虹叹口气,说:"两个没良心的,也不告诉我一声。"

大伙儿哈哈大笑,重新排练起来,只等督察组入监。

等搞定这桩事,邓虹又打了调岗申请。这回领导直接甩过来一份文件,上面写着"监狱、戒毒系统民警派驻各地司法局挂职工作"。

邓虹瞥了眼,有点赌气的意思,说:"给我个名额,我正想去地方锻炼一下。"领导便给她签了一年期的司法局挂职。

5

邓虹在司法局的岗位是"社区矫治民警",对接管辖范围内40余名社区服刑人员，这些人都因各种罪名被判缓刑或假释，接受社区矫治。

2012年9月，到岗没多久的邓虹负责一次突击检查，她打电话通知矫治对象们赶到指定地点，有个叫郭爱美的女孩儿却没来。

郭爱美生于1993年，是金店里的售货员，监守自盗了一条20克的金项链，被法院判2年缓刑3年。邓虹打她的矫治专用手机，没人接听，立刻拿她当反面典型，对其他人做起警示教育："像她这种不假外出、手机通信不畅、响应不及时的情况，是这次点验重点打击的现象……"

话没讲完，郭爱美回电话了："邓管教，我被两个乞丐打了，她们把我卡在街道对面。"

邓虹挑了两个膀大腰圆的"社矫"男子一同赶去，只见一辆小电瓶车倒在人行道中间，郭爱美一头绿油油的头发被两个女人左右揪住，她只能拎着小包左右乱打，人群围住了她们，邓虹带着人挤进去，大吼一声："别打了！"两个男子也迅速上前，架开了3个披头散发的女人。

郭爱美吃了亏,头发被薅掉不少,捧着几丝绿毛大骂:"老娘900元接的头发,被这两个疯婊子扯断了……"

两个女人退到一旁,捡起地上一张写满红字的纸板就要跑。邓虹一步向前,双手各钳住一人。两人的头使劲儿往下沉,邓虹弯下腰瞅瞅,严厉地喊一声:"'白狐狸','黑妹'!"

两人也早就认出了邓虹,"黑妹"笑了,"白狐狸"则轻轻地说了声:"邓管教,可真巧啊,在大马路上撞见了……"

邓虹将她们都带去办公室,勒令郭爱美站到一旁反省——先反省自己的发型,作为一名社矫人员,这样古里八怪的发型像什么样子;再反省她那辆没上牌的小电瓶车,为何不在非机动车道行驶,要开到人行道上惹是生非。

郭爱美噘着嘴站了过去,"白狐狸"幸灾乐祸,"黑妹"也笑了。原来之前,她们两人正铺开一张纸板,蹲着行乞,郭爱美骑着电动车故意碾她们的纸板,两人将她揪下车便打,才发生刚才撕撕扯扯的一幕。

邓虹伸手将"白狐狸"藏在身后的纸板夺了过来，上面写着"妹妹又聋又哑，身患绝症，进城治病被骗光钱财，好心人捐个路费送我们回家。"邓虹让"白狐狸"解释这是怎么回事。"白狐狸"红着脸说："活都活不下去了，也不怕丢人了。"

"你这是又要搞老本行？难道一辈子要靠诈骗为生吗？"

"白狐狸"抬杠，说这是乞讨，吃相不好看，但不犯法。

邓虹不想跟她争，抽了一张纸，写话给"黑妹"看："你们刑满，监狱给你们发了劳动奖励结余金，你们这才出来没几天，钱都花哪去了？怎么不找正经事做？"

"黑妹"剥着指甲，看了看"白狐狸"，还是笑。

邓虹见两人啥也不肯交代，说："行，你们不说我就不问。但你们必须做两桩事，做不到就别认我这个管教，你们现在出去杀人放火，和我也没一毛钱关系。"随后抽出一张纸，拍上一支笔："写吧，先写上你俩现在的居住地，再写一份保证书，不再干今天这种丢人现眼的事儿。"

等两人弓起背写保证书时，邓虹给了她们一人一个脑瓜崩，骂道："你们是缺腿还是缺脚？！居然搞这个行当！"

一旁的郭爱美不安分了，指着"黑妹"，插句嘴："她缺舌头。"

邓虹走过去，拎了一下她的头发，吼一句："你也去写保证书！"

完事后已是傍晚，邓虹让"白狐狸"和"黑妹"先回去了。两人还没走出门口，她又追上去，往"黑妹"手里塞了300元："你们这两天安分点儿，我最近忙完手头的事儿，想办法给你们找个正经事儿干。"

邓虹回到办公室，还在趴着写保证书的郭爱美见了她就求饶："邓管教，别让我写了，我宁愿明天去做义工……"

"你明天把发型给我弄规整，然后陪我去搞趟家访吧。"

用邓虹的话说，郭爱美也是个苦孩子出身——父亲躲债去了南宁，母亲和一个姘头搭伙过日子，后来半疯半傻地住进了精神病院。那个姘头说她母亲欠了他钱,三天两头不放过她,拿着一张不知真假的欠条跟她讨钱。偷那条金项链,就是为了还这个钱,摆脱那个"烂男人"。

"也确实没什么人保护着长大的,难也是蛮难的。"邓虹说。

6

第二天上午9点,邓虹让老公开车,接上郭爱美,一起驱车去乡下。

车子停在了一间水泥平房前——先前,邓虹曾尝试给向阳花艺术团24名女犯都做过一遍家访,只有地处偏远、联络不上的人家才被迫放弃——今天这家,是团里的一位女毒贩家,家中只有年迈的爷爷和长期瘫痪卧床的奶奶,所以邓虹有空总要来看看。

这些做在背后的事儿,向阳花艺术团的女犯们压根儿不知道,邓虹做这些也只是出于"见困难要帮"的良心,也不图什么回报和感恩。

那天刚进屋,白发老头就拄着拐杖过来嚷嚷说,前一天有两个警察来抓孙女,孙女是不是又在里面做什么坏事儿了?

老头有点儿糊涂了,邓虹一时也没明白他说的是什么意思,就先顾着给屋里的老太太洗澡去了。老太太的神智很灵光,邓虹和郭爱美帮她洗澡时,先说了一番千恩万谢的客套话,然后又说,昨天也来了两个"送温暖"的警察,在鞋肚子里放了2000元。

邓虹听到这,打了个激灵,问老太太:"你确定是两个警察?"

老太太说:"错不了,穿着警服呢。"

邓虹问:"长什么样?"

老太太摇了摇头,说:"她们就张望了一下,我也来不及记样子,只见一白一黑,两个人影闪了一下。"

邓虹愣住了。

"白狐狸"是8月21日出狱的,"黑妹"比她晚了3天,两人虽和家人断了往来,没亲属来接,但狱方给她们发了劳动奖励备用结余金。"白狐狸"有1700元,"黑妹"领了1200元。两人一碰头,立刻就找地方买了两身假警服。

向阳花艺术团解散那天，大伙儿是给邓管教面子，没当她面闹起来。但回去监舍，大家还是让"白狐狸"和"黑妹"背了锅。

说起偷吃西瓜这事，邓虹其实早就问责过小三组。当时，配电房旁边是伙房的储藏室，高温天里，每个犯人能领半个西瓜解暑，一般是等纳凉晚会结束，各监区派人来领西瓜。小三组的活儿太清闲，晚会时间又挺长，"白狐狸"就琢磨着先偷个西瓜出来解渴。

储藏室挂着一把巴掌大的铜锁，她之所以还敢惦记里面的西瓜，就是因为"黑妹"会开锁——随便找根铁丝给她，绕上几匝，捅进锁眼里，就开了。至于开锁偷西瓜这事，小三组则一口咬定是储藏室的挂锁没锁上，负责储藏室的那位同改也因此挨了处分。

"白狐狸"最生气的是，"黑妹"起码为集体生活做出过贡献，现在偷了个西瓜，大伙儿就不依不饶了。小三组明面上跟每个人都道了歉，但私底下，"白狐狸"还是记恨那个挑头的人，决心出狱后对此人耍点儿小心眼，报复一下。

挑头的人是个女毒贩,"发货"不多,判了7年。此人在监舍里经常吹嘘自己是"富二代",父母都是乡镇企业家,接触上毒品也是因商务应酬,"发点儿小货"则是为了朋友们玩儿起来方便,不为赚那几毛钱。

"白狐狸"之所以去买假警服,是想去此人家里坐坐,冒充管教民警搞个家访,谈谈"减刑事宜",顺便也捞点儿好处费——这事儿一箭双雕,既能解恨,又有收入。

"黑妹"反正铁了心认"白狐狸"这个大姐,要跟着她混,"白狐狸"就也让她穿上警服,冒充助手,不用出声,别让人家看出来她是个哑巴,保持微笑就行。

两人事先打听过女毒贩老家的村名,到了地方再一路打听,才找到了她家的屋子。那是4间水泥平房,墙皮大块脱落,窗户破了两扇,用塑料纸糊着。进门时,堂屋坐着一个白发老人,双手撑住一根拐杖,闭着眼打盹。

"白狐狸"叫醒了老人,老人耳聋听不见,她就大喊着问是不是女毒贩的家。老人说自己就是女毒贩的爷爷,转问"白狐狸"是不是来抓孙女的警察,接着使劲儿挥手,说孙女已经坐牢了,做再多的坏事儿和他当爷爷的没关系。

"白狐狸"问女毒贩的爸妈呢,老人指着香案前的一张黑白遗像——那是个满脸络腮胡子的中年男子——说她爸死得早,她妈嫁出去了。

见了这番场景,"黑妹"拖着"白狐狸"离开。两人路过卧室时,听见屋里有个老太太的声音在问话:"谁啊,家里来什么人了?"

两人探着头走到房门口,臭味熏天,老太太瘫在床上,身下铺了稻草和塑料薄膜,一条用过的成人尿不湿丢在床尾。

两人马上退到门口,转身欲走之际,不约而同地各自掏了些钱,数出2000元,藏在屋门口晾晒的解放鞋肚子里,以为这事儿就这么过去了。

7

"白狐狸"和"黑妹"租住在乡郊之地的平房。那天,"黑妹"窝着右手正不停在额头上拍打,咿咿哇哇地叫。"白狐狸"知道"黑妹"那个手语的意思,是叫她将那两身晾着的警服扔了:"我当时想着,两身衣服花了300多元,说不定以后还能派上用场。"

衣服还晾在院子里,一辆灰色汽车就停在了门口,"白狐狸"见车上的人是邓管教,还挺高兴,上去打招呼,但见邓管教下车后脸色不对,又退了一步。"黑妹"反应快,从晾衣绳上扯下两套警服,扔进了水桶里。

郭爱美摇下车窗,一颗绿脑袋伸了出来,一副看笑话的样子。

邓虹朝那只水桶走去,"黑妹"躲到了"白狐狸"身后。"白狐狸"慢慢地往后挪,摆出"情况不对尽快撤退"的逃跑姿态。邓虹拎出一身水淋淋的警服,手一扬,冲"白狐狸"喊道:"解释一下,你们穿警服去人家里头,啥意思?"

"白狐狸"说,她当时见邓管教的脸红得像只灯笼,从未见邓管教这么生气过。

后来邓虹才说,这么多年,她其实一直有桩"过不去的坎":刚从警的当口儿,一位刚出狱的犯人穿着假警服,冒充她的身份去同改家里搞诈骗,以承诺发放减刑假释名额的名义，骗了家属7000多元——这个数额在当年，是一个农村劳动力一年都挣不够的血汗钱，家属追到监狱门口哭了好几天，虽说是自己受骗上当，但他们还是一声声叫骂着邓虹的名字。

邓虹拎着警服吼："你们立刻跟我去派出所说清楚这事儿，你们虽然是犯罪中止，但我告诉你们，处罚不处罚，一个要看你们的认罪态度，其次听从公安的发落。"

"白狐狸"抓起"黑妹"的手，撒腿就跑。

邓虹指挥丈夫赶快拦着，小车横在了道路尽头。郭爱美也跳下车，张大双臂拦在路口。两人又想往回跑，邓虹叉住腰一把拦住，驱她们进车。

到了派出所，一番审问，两人什么都说了。民警还专程找来了懂手语的女民警和"黑妹"沟通。

邓虹有些紧张，问民警事情大不大。民警说事情性质虽然恶劣，但好在两人犯罪及时中止了，之后也就是批评教育了一番，当天就释放了。

邓虹松了一口气，将两人重新赶进车内，带回自己的办公室继续写保证书。

再往后,解决"白狐狸"和"黑妹"的工作问题就成了邓虹每天都在操心的大事。思来想去,还是得向丈夫开口。

邓虹丈夫是电子厂的"机种担当",说白了就是车间主任。邓虹小心翼翼地对丈夫说出了自己的意图后,被丈夫断然拒绝了。丈夫绷紧一张脸,说:"这要被人事部知道,我弄两个女劳改犯进厂,我看我也就没脸干了。"

邓虹坐到一旁生闷气,丈夫就贴上来:"我说不让她们进厂,又没说不帮她们想办法。"

8

邓虹丈夫给"白狐狸"和"黑妹"找的工作,还是"老本行"。

热闹的广场中间架起一个红色舞台,一只迪斯科灯球挂在简易板墙上,五色光斑在夜空里旋转流溢,像一支万花筒,笼罩着舞台下成百上千争抢"鹿茸保健酒"的男人。

一个白胖的主持人手抓着4瓶赠品,随手一抛,也不怕玻璃材质的酒瓶被摔碎,反正千百只手在下面伸着。发完赠品,主持人大吼一声:"有请我们的劲舞女郎出场!"

舞台左右,各有一组穿超短裤的女孩儿踩着节拍出场,"白狐狸"在左边,"黑妹"在右边。底下的观众鼓掌、吹口哨。哄哄闹闹的场面持续到午夜,广场上的人潮才退下去。

"白狐狸"找主持人要钱——她和"黑妹"跳一场舞,说好每人能得200元。主持人将钱交给她们,还送了一瓶鹿茸酒。

"我们要这酒有屁用,留着你自己喝。"

见"白狐狸"不客气,主持人的咸猪手就搭上了"白狐狸"的肩头,并调戏道:"你们要不是李哥(邓管教丈夫)介绍过来的,我能格外给你们好处?这酒贵着呢。待会儿一起喝点儿?"

"白狐狸"打掉主持人的手,将"黑妹"拉过来,指着她的吊带抱怨道:"少吹牛,我可没见你有多关照我们,看看我妹妹这服装,都透成啥样了?!你就不能给我俩揽点儿好活儿呀。"

"你们就是身在福中不知福,有一大帮女人抢着去乡下跳红白喜事会场,你知不知道那里流行啥跳法?流行跳裸舞呢!"

主持人怕"黑妹"不懂意思,给她比画了个脱裤子的手势。"黑妹"以为他耍流氓,一巴掌打了过去,指甲顺势划下,主持人惨叫一声,面部留下三道血杠杠。

这活儿还没干几场,就黄了。

弄伤主持人这事儿,大家脸面上都过不去,"白狐狸"和"黑妹"决定还得自力更生才行。

那段时间,她们常去网吧坐着,每天10个小时煲韩剧,下机前花半小时搜一下网上的招聘信息。最适合两人的还是服装厂的缝纫工,毕竟坐牢时她们踩过缝纫机,进厂立刻就能开工,但问题也在这,"我们的缝纫手艺是坐牢时学的,人家服装厂肯定不接收坐过牢的"。

"白狐狸"这么想着,就又和"黑妹"在网吧里耗了一个礼拜。

有天,"白狐狸"意外看到一条新闻,说一个叫罗永正的神偷出狱后改邪归正,专门给人讲解各类锁具的安全性能,传授防盗知识。这条新闻给了"白狐狸"灵感,她拉着"黑妹"看,在屏幕上敲出一行字:我想到赚钱的方法了,我们可能要发财。

"黑妹"一脸迷茫,"白狐狸"则兴奋不已,她对"黑妹"的开锁技能很有信心,据她所知,"黑妹"不仅精通扒窃技巧,还学过各种开锁技巧。无聊时,"黑妹"常给她演示一些开锁游戏,拿各种夹子、撬子、铁钩、钢丝组合成工具,用手腕的巧劲就能打开各种门锁。

"黑妹"还会一些独特的开锁方法,比如将口香糖塞入门锁,口香糖拖住锁芯里的"弹子",再选择相应小号钥匙插入锁芯,待口香糖变硬后强行开锁。"开锁这技术很需要想象力,有时候不光是把一扇门打开,而是要想如何打开,花多长时间打开,打开后能不能再锁上。'黑妹'在这方面的天赋没话讲。"

"你肯定见过集会上搞推销的吧,比如推销一把刀,他就要跟别的刀作比较,两把刀互砍,把别的刀弄几个豁口,证明推销的这把更好。我们推销高档锁具,上门推销,一去先把人家门开了,证明他家的锁很不安全,然后让他买我们的高级锁。我们可以跟锁具厂合作,可以去广场做表演开锁的活动,我们本来也有表演基础……"

"白狐狸"觉得自己的想法万无一失。

9

邓虹知道两人在搞锁具推销,还特意去市区的广场上观察了一番。

那天,广场前升起一对氢气球,球下拖着条幅,写着"居民门锁安全性能检测现场"。深秋时节,一阵阵冷风吹来,稀稀拉拉的观众有些已经穿上了羽绒马甲,"白狐狸"却穿着贴身小背心,超短裤,风把大腿都吹红了。

风刮个不停,条幅摇摇晃晃,"白狐狸"对着话筒说道:"今天××锁具厂方搞一次公益表演,请来锁具专家,专门试验市面上90%的门锁安全性。等开锁表演结束,大家对自己家门锁不放心的,可以请专家上门测试,现在表演活动正式开始——"

喊完她立刻撂下话筒,去帮"黑妹"抬门样。"黑妹"的穿着像个专家,戴着一副眼镜,胸前还挂着一个"职称牌"。临时搭建的小台子旁边放着几扇门样,每扇门都装着市面最常见的一种锁具。两人抬来一扇门,"白狐狸"一只手扶稳,另一只手拿着话筒喊道:"朋友们,这扇门装的是B级锁,家庭防盗门里最常见的一款,现在请几位朋友上前检查锁具是否锁好。"

话音刚落,随即就有三五个男人挤过去,在门把手上试了试,确实锁上了。

"白狐狸"又喊:"请大家看向我们的女教授——"

"黑妹"拿着一个工具箱,像举牌女郎那样,绕场展示了一番。

"白狐狸"介绍道:"这是眼下盗贼最流动的开锁工具,我们请女教授用该工具测试一下这款锁具的安全性——"

"黑妹"随即取出工具,"白狐狸"掐着脖子上的秒表计时,锁"啪"的一声开了,秒表被迅速掐住,"6

秒！可见盗贼进入大部分人家的时间，比你们拿钥匙开门还要快。"

观众们热烈鼓掌，有人当即要求带她们去测试自家门锁。

邓虹目睹了整个表演现场，虽对两人冒充知名锁具品牌厂和锁具专家的行为不满，但见活动结束时，两人现场就卖光了100套高级防盗锁具，还是感到颇为高兴。

她背着手走到两人身旁，喊一句："给我来两套锁。"

两人正忙着收拾会场，"白狐狸"背对着她，没回头，回了一句"都卖光了"。邓虹又咳嗽了一声，"白狐狸"回过头，乐了，赶紧把"黑妹"叫过来："送，送您两套。"

邓虹喊了几个附近的社矫人员来帮忙收拾会场，郭爱美首当其冲，先夸了一番"黑妹"，说没想到这个"非洲姑娘"这么能耐，以后钥匙忘家里，不用打楼道里的"牛皮癣"开锁电话了。

"白狐狸"让她说话注意点儿，郭爱美就又嬉皮笑脸起来。

晚上"白狐狸"非要请客吃饭,邓虹有制度规定,不方便一起,但临走时还是给"白狐狸"提了两点建议:一是不要再冒充知名品牌的锁具,这以后容易出问题;二是不要冒充专家名头,可以说是民间锁具爱好者之类的名号。

"白狐狸"连连点头,大家都很开心。

10

原本一切都走向了正轨,但入冬之后,两桩坏事接踵而至,击垮了邓虹的身体,医生说她因过度操劳,免疫系统出了问题,继而引发高烧。

这两桩坏事,头一桩就出在"黑妹"身上。

11月底,"白狐狸"和"黑妹"在一个小区广场推销锁具,人群里突然冲出来五六个男子,一把架走了正表演开锁的"黑妹"。"白狐狸"追上去,一名男子突然掏出电警棍,戳在她的腰部。"白狐狸"立刻倒地,丧失了1分多钟的意识,等醒来时,"黑妹"已不见踪影。

"白狐狸"哭着去找邓虹,警方很快介入,通过调阅广场监控,迅速找到了带走"黑妹"的几名男子。但情况原比想象中复杂:首先"黑妹"拒绝离开男子,她打着手语告诉警方,这些男子都是自己的朋友和老乡;其次,所有人异口同声,称那名用电棍戳"白狐狸"的男子谁也不认识,警方也再没找到人。

回到邓虹办公室,"白狐狸"想明白了。

"黑妹"在里面跟她"说"过,她们扒窃团伙,但凡有成员被捕,组织上会派人"上大账"(给犯人在监狱的户头里存生活费),按照每人每年6000元的经费拨款。"黑妹"获刑1年半,但她传递出去的情报是3年,多要了9000块经费。她自己耍了个小心眼,想利用这谎报的1年半时间差,摆脱扒窃团伙的控制。

邓虹立刻明白了,两人最近总在公众场所卖锁,扒窃团伙肯定认出"黑妹"了,这才全体出动将她带走。

"白狐狸"哭得眼睛都肿了,不停埋怨自己,说是自己害了"黑妹",这下"黑妹"肯定没好日子了,肯定要跟着扒窃团伙出活儿,不多久肯定还要"回笼"。

邓虹说哭不管用,她自有解救"黑妹"的办法。

"很多事情,并没有那么简单。虽然明知道'黑妹'被扒窃集团控制,而且那群男的也没一个好东西,但'黑妹'这种情况,报警是解决不了问题的。她从小被扒窃集团养大,而且曾是团伙内的骨干成员,这个团伙不灭掉,她这辈子都脱不了身。"

邓虹父亲有个棋友,曾是民间反扒队的队长,收了很多反扒徒弟。听了邓虹的请求后,老头也对"黑妹"的遭遇表示同情,但他并没立即同意抓捕那个扒窃团伙——因为不久前,反扒队刚从公交车上逮了一伙"剪金"的(用剪刀剪女乘客的金饰品,通常只剪黄金,剪铂金饰品容易剪到不锈钢,剪不断就暴露了),但上面说这属于非法行动,要求他近期取消一切反扒活动。老头说,要是去民政局报备通不过,民间反扒队就要解散。

邓虹有些失望着,老头忽然说:"还有个办法。"

老头指点邓虹说,最近公安开展打拐专项行动,邓虹可以派一个人去打拐专案组,将"黑妹"被带走的事儿再报一次案,报成"拐卖妇女"的案子。

上一次报案,是按照普通治安事件出的警,扒窃团伙控制了"黑妹","黑妹"只要否认受到侵害,警察就没权抓人，况且，这伙人也不是在犯罪活动过程中被捕的；但这次向打拐专案组报案，性质就变了。老头说他会找人向警方透风，说这个拐卖团伙还同时搞扒窃，建议警方近期再开展一次反扒行动，趁他们"出活"之际抓捕他们，等落了网，拐卖的事情可以慢慢深挖，"反扒那块的警力有限，但如果加上打拐，这个行动就名正言顺了。"

11

很快，扒手团伙落了网。可这场解救"黑妹"的行动虽顺利，"黑妹"却没对任何一个人表示感谢，就不辞而别了。

"白狐狸"那段日子颓丧极了，这么多年就交过这一个好姐妹，她不知道"黑妹"究竟怎么了，也不知道人为什么就走了。郭爱美那段时间反倒变得很贴心，总去找"白狐狸"谈心。

有次"白狐狸"对郭爱美说："我被那个男人锁在

电脑旁7个月,坐牢后还经常想给那人写信,出来后还天天在网上搜他的案件信息。再想想'黑妹',她和那伙人一起长大,那种感觉说不清的,我有些理解她了。"

郭爱美就安慰她,"白狐狸"又说:"最揪心的是,我和她卖锁挣来的2万元,她一分都没带走……"

可紧接着,这2万元就被偷了——这也是邓虹遇到的第二桩糟心事。

那笔钱都是现金,14700元的百元大钞,2450元的50元面额,2850元的零钞,"白狐狸"记得清清楚楚,她用皮筋绑住,塞在一只肉色丝袜里,吊在床板下面——除了"黑妹",她只给郭爱美看过这笔钱。

那天邓虹气炸了,立刻将郭爱美喊到办公室,审她有没有偷"白狐狸"的钱。郭爱美犟着脑袋,说自己再烂再浑,也干不出来这种事儿。

"白狐狸"与郭爱美当面对质,说那天两人谈心谈到半夜,她留郭爱美过夜,第二天一早醒来郭爱美就早早骑车离开了。虽说事隔几天自己才发现床板下的钱没了,但那天之后,没有任何外人进过屋子。

郭爱美还是不承认,说也不能就这样认定她偷了钱,"说不定老鼠还是什么东西搞到洞里去了"。

"白狐狸"气急了,跳起来就要打郭爱美:"一半钱是'黑妹'的,你把她的钱还回来!"

邓虹赶忙拉开两人,指着郭爱美又问:"承认不承认?不然我就把你交到派出所。你自己想想后果,你现在是缓刑阶段,如果这事被查出来,判刑不说,你的缓刑还得改成实刑,还是累犯,要重判!"

邓虹的话掷地有声,说完"重判"两个字,郭爱美终于绷不住了,"哇"一声大哭起来,双腿一软,瘫坐在地上,语无伦次地喊道:"我妈住院费交不上了,我外公外婆不管她了,我妈住院费交不了……"

郭爱美的母亲住在市南郊的精神病院,属于长期疗养型病人,每月需家属自费600元。郭爱美父亲一直在外躲债,这块费用一直由郭爱美的外公外婆承担。两个老人恨郭爱美不争气,索性把女儿的疗养费也断了。郭爱美被医院催得紧,就偷了"白狐狸"的钱帮母亲交了两年的费用,还剩几千元,她没敢动,藏在电动车坐垫下面的电池箱里。

邓虹带郭爱美去自首,"白狐狸"跟在后面。做笔录时,警察问邓虹谁的钱丢了。邓虹让"白狐狸"跟警察说实话,"白狐狸"半天不开口。警察对邓虹说,她不说清楚,我们没法立案。邓虹也说不出话,只是拍了拍"白狐狸"肩膀。不一会儿,"白狐狸"突然站起,猛地摆摆手,飞快跑出了派出所。

警察放了郭爱美,邓虹站在门口,跟郭爱美说:"这次不让你写保证书了,你自己想想清楚吧。再有困难,再有借口,也不能偷人家的钱。还有,要记得感谢人家,不然你得进去好几年了——争取把钱还上。"

12

"白狐狸"不想再给邓管教添麻烦,她没什么好回报人家的,总当一个受惠者,也很别扭。她也不想让郭爱美这个小姊妹坐牢去,"人家小女孩儿虽然有点儿闹,但也是个可怜孩子"。

那天她回了出租屋,在屋里坐不住,就去房子后头的田地里看风景。她说自己一下就想起很多年前还是少女的时候的事儿……

田里竖着信号塔,她一边回想着往事,一边往上爬。爬了十来米,脚下突然有个声音喊她:"姐,你别想不开!"

她回头一看,是"黑妹",吓得浑身一哆嗦。

"她不是真哑巴啊,给我解释了我才知道,干她们这一行,从小学过手语,被抓了就装聋装哑,一来增加审讯难度,警方不至于深挖她们以前的案子,逮住哪桩算哪桩;二来坐牢能享受病残犯待遇,减刑假释也有优待;三来可以和陌生人保持距离,不轻易信任圈子外的人,只对自己人开口。"

"白狐狸"退下几米,盯着"黑妹"笑,"黑妹"往上爬,追问她:"姐,你咋了,怎么还想不开?"

"白狐狸"只问"黑妹":"你这几天跑哪去了?"

"黑妹"说:"想回家,但想了想,家在这里,就回来了,房租我还付了一半呢。"

"你防心这么重,咱们认识这么久,你到现在才开口说话。""白狐狸"又说。

"黑妹"不说话,过了好久,说了句:"谢谢。"

"白狐狸"问她谢什么。"黑妹"说,谢邓管教,谢你，谢反扒队。

"白狐狸"往下走，"黑妹"也往下走，冬风过来了，她们该回家了。

邓虹生病住院27天，丈夫要加班，跑医院不勤快，老父亲端着笔记本电脑常来陪她。老人家喜欢炒股，每天盘着腿坐病床上看股票。

邓虹有时觉得烦闷，常念叨说一个比一个没良心，谁也没来看望她一眼。父亲专心看电脑，也不搭她的腔。

有天，"白狐狸"、"黑妹"、郭爱美竟一起来了，身后还站着其余十几名社矫人员。父亲赶紧拦住大伙儿，说邓虹住在普通病房，周围人多，大伙儿有序进出，统一喊邓虹为"邓老师"。

"这么做的原因，是减少不必要的麻烦和闲言碎语，社会上对这个群体还是很不能接纳的，要是看见这么多'问题'人员一起出入病房，弄不好有人会报警。"

所有人走后，病床上周围堆满了果篮和牛奶。邓虹指挥父亲搬，说："你就不知道挪挪位置，眼睛长在屏幕上了？亏死你。"

父亲却说："我亏不要紧，但你只能定投'每个人向善'，每个人才能变成你教改工作上的潜力股。"

邓虹说，自己那天是头一回有点小骄傲了。

向阳花艺术团的故事发生在 2012 年，眼下已经过去近 7 年了。"白狐狸"和"黑妹"的卖锁事业没搞起来，因为诸多原因，她们还是分开了。

"白狐狸"回了老家，那儿有她的孩子。她现在在一家商场当售货员，私下兼职莆田鞋微商，但销量也不好。她和老公虽没领证，但已成事实婚姻，去年她和一个经销商处对象，走到谈婚论嫁这一步，她去找老公办离婚，男人狮子大开口要 100 万，她和经销商也就不交往了，"不能耽误人家"。

"黑妹"嫁给了一个司机，生了个小女孩儿，今年准备生二胎。

郭爱美过了缓刑期后，去深圳打了一段时间工，她给"白狐狸"和"黑妹"转过几次钱，每次两三千。两人收到款后又退一半给她，让她不着急还钱。后来不知什么原因，她就突然不怎么和大家联系了。

"大家都能理解她，也都祝福她。人生不如意之事常八九，她们三个平平安安，我就满意了。"邓虹说。

6

答应了这封信,
你就是个好人

老马是从外单位调来的,在老吴没住院前,他们二人常常相约去湖区钓鱼。老马比老吴大6岁,倘若不受新政策的影响,1年后也该"光荣退休"了。老马在病房里跟我说,人这种动物有个最大的特点,叫性识无定——想法和欲望此一时,彼一时,善念不知何时起,恶念也不知何时来,所以善念一来就要立刻抓住,不要质疑,也不用迷惑。在自己这么多年的工作中,他印象最深的,是和一名囚徒在狱中相处的故事。故事简简单单,却像是小小的一束光,照亮了这名囚徒心灵深处的黑暗。

1

老马长得不像快60岁的人,头发乌黑茂密的,小腹平坦，宽肩窄臀，一双大长腿，南人北相，有着天南海北皆吃香的外貌。

9年前，老马即将跨入知天命之年，级别是副科，岗位是监区副教导员，主抓教改工作。按地方政策，要响应领导干部队伍年轻化建设，老马也不用再干一线了，做些辅助带班工作，安安静静等着退休。

2010年春节，从除夕到初三，老马都要坚守岗位，负责犯人们的吃喝拉撒。老马的家属对此特别不满，说他连续3年春节都不着家，没这么排班的。其实，这事儿也怪老马，前年是正常轮班轮到他，但去年和今年本不是他的班，可值班同事有事儿，他就硬顶了上去。

家属追到单位接见室，非要跟他吃团圆饭。

回到监区，离伙房开餐还有半小时。老马在院子里伸了个懒腰，副班同事安排犯人们娱乐，不少人在打牌，其中当然也有暗藏的赌局，但春节当口儿，老马和同事也就睁只眼闭只眼了，反正"赌资"来去也就是几包烟和方便面，但如若发现谁赌上了"接见款（犯人会见时的家属汇款）"，必须揪出来严惩。这是老马心里的一杆秤。

他巡视了一圈，围观了几桌牌局，适时指教了几个打牌技术不灵光的犯人。暖阳晒得他很舒坦，突然令他想起一件重要的事儿，便是晒被子。

监狱里，晒被子是场声势浩大的活动，南方的冬季很冷，犯人们的床铺厚得不可思议。

按道理说，监狱公派的冬被是每人一条4公斤的盖被，一条6公斤的铺被。但很多老犯刑满之后并不会上交被子，权当人情送来送去；家属们也担忧犯人们吃不饱睡不暖，每逢冬季会见日，五颜六色的被子就堆满了接见物品收发室。因此，每个犯人都给自己弄了个厚厚的"安乐窝"。

其实，管教最不愿组织的就是晒被子——看似简单，但现场总会乱得不可开交，臭烘烘的被子铺天盖地，犯人们要争抢晾晒杆，极容易发生意外冲突。

老马也在这个难题上动过脑筋，只要他当班的天日头好，他都会安排后勤组的犯人去扫一遍塑胶操场，然后再组织犯人们将被褥铺在地上。那儿光线充足，谁也用不着争抢。

一听要晒被子，大伙儿的积极性都很高，抢先恐后地将被子扛在肩上。等排队报数时，老马发现有个犯人空着手，问他你的被子呢？那犯人高大健壮，长了一脸油痘子，瓮声瓮气地回道："用不着晒。"

等到了操场，大伙儿都忙着铺被子时，那犯人却突然撩开上衣，裸着背照起了光，身边的人吓了一跳——他的背就像癞蛤蟆，长满了数不清的疙瘩痘。一群人纷纷叫骂起来，嚷嚷着大过年的，放什么毒？

老马走过去制止，此人却突然将上衣脱了下来，一阵猛抖，光线里立刻飞满皮屑，一群人又鸡飞狗跳了。老马呵斥道："你没事儿找事儿是吧？大过年的给我不省心，信不信立刻给你送严管队。"

犯人却满不在乎，"你们有没有常识啊？我这哪是传染病，我这是青春痘。"身边的人还是嚷嚷个不停，说什么"花案犯"身上就是不干净。犯人火了，要和人干架，老马赶忙上去制止，没想到犯人力气极大，甩了一下肩膀，老马踉跄着退了几步，一屁股坐地上了，倒也没受伤。老马爬起来后，从武装带里掏出手铐，就将人押去了严管队。

走到路中央,看见冷清清的严管队跑道,老马心里也打起退堂鼓,毕竟是过年,平日这个时候,严管犯都在跑道上罚跑,今天也没什么人——改造再有问题的犯人也要过节,"枪毙鬼也得吃了年夜饭"——他挑这个时候发火,也不是什么严重的问题,确实没什么道理。

伙房开餐了,方方正正的不锈钢饭车冒着烟被推了出来,不远处的犯人们都兴奋了。老马看着骚动的队伍,又押着犯人回去了。

2

开过饭,要组织犯人们午休。老马将人都锁进了监舍,挑上电视的闸门。大伙儿可以看电视,可以接着玩儿牌,也可以倒头睡大觉。

春节当口儿,犯人们都念家,老马会在能力范围之内,尽力给他们点儿小自由。这也是他多年的工作经验,"这当口儿,你别烦他们,他们也不烦你。"

事情料理妥当,老马在监控台翻犯人档案。刚才操场上那个犯人,老马竟然忘了他的名字和案由,或者说,他只记得那犯人是一个月前调来的,在别的监区打架待不下去了。

老马没好意思当面问名字,因为狱警有项最基本的工作考核要求,必须熟记所有犯人的名字、长相和案由。老马肯定特意记过,但兴许这年头一翻,年纪又大一岁,记性就更不好了。

费了一番功夫,档案找到了,犯人叫朱鹏飞,32岁,猥亵罪获刑2年。老马呷了茶,慢慢地翻他的案由,看着看着,扑哧乐了,鼓着嘴喷出一溜儿水。

朱鹏飞的案情有些荒唐。

他家住县郊,那地方那时候刚被规划进"文明乡村",周围盖了几栋新厕所,逢几百米便设有垃圾桶,道路上干干净净,设有保洁专员。那时候,乡村保洁专员是桩很不错的差事,每天开着保洁车,各个路口溜达两圈,每月800元就到账了。当时这活儿让村里的前任会计得了便宜,村民们眼红,一时间道路上垃圾堆得格外多。朱鹏飞母亲是挑事者中的积极者之一,时不时给老会计找点儿麻烦。

有一回,老会计在路面发现了一袋胶状物,他没见过这种东西,提回家研究一下。老会计家有个大学生女儿,帮着父亲一起琢磨,将这堆胶状物拼起来一看,竟然是个硅胶屁股。当天,老会计就将硅胶屁股放在保洁车后头,开着车在村里到处展览,挨家挨户宣传,点名说是朱鹏飞家门口捡到的——并且气势汹汹地扬言,村庄里出变态了。

朱鹏飞是个单身汉,当年30岁。农村里过了30岁没结婚的男青年,本就在方方面面都容易被认为有大问题。这硅胶屁股就更了不得了,一时间,所有人都认定朱鹏飞心理和生理都出了极大的问题。

好大一盆污水泼到自家儿子身上,朱鹏飞母亲气坏了,去找老会计撒泼。老会计辩解,说自己半个字也没造谣,东西确实是在他家门口捡的。两人吵来吵去,还动手打了起来。

朱鹏飞也为这事儿极度窝火,他自辩和那硅胶屁股没一毛钱关系,但谁也不信,就连自己的母亲也开始对他疑神疑鬼,还打电话给外地干木匠的丈夫,意思是朱家完蛋了，绝后了，儿子有了不好的癖好。

朱鹏飞一心觉得既然老会计毁了自己的声誉，给自己大龄未婚这问题上火上浇油了一把，他决定索性也毁了老会计女儿。

于是，他挑了个周末，夜里摸黑到老会计家门口，拿着一把剪刀，翻进院子，爬进一个卧房。房间里乌漆漆的，他用手电四周扫一下，见一女的背着身打细鼾，床下摆着一双女款运动鞋。他便认定床上睡的是老会计女儿，摸到床头，剪刀抵到女人脖颈处。女人醒来吓一跳，他立刻捂住女人嘴巴，等另一只手把裤子脱了，再往女人胸口摸时，他反倒吓了一跳——用电筒一照，才发现是老会计的老婆，吓得他一溜烟跑了。

朱鹏飞的档案上标记了刑满时间，老马一看日子，还有不到一周时间，难怪他今天不晒被子。思前想后，老马觉得这家伙还是挺猥琐的，看上午那嚣张态度，出去了指不定还得再犯事，必须教育教育他。

这些年，老马一直主抓教改，什么事儿都要往心里过，发现犯人有什么不对劲儿的苗头，该惩治还是该教育，时刻都要绷紧这根弦。

于是，午休时间一到，老马就提着钥匙打开了所有监房门，让犯人们去院里自由活动，唯独留下了朱鹏飞。

朱鹏飞端着一张蓝色塑料小板凳，犟着脑袋，冷冰冰地问老马，留我一人在监房干吗？老马让他面朝厕所墙壁坐端正，静坐反省。每个犯人都心里有数，严管队日子不好过，所以哪怕是老马——这么好说话的狱警，下达了口令也必须遵照执行。不然就是抗改，逃不了送严管。

朱鹏飞板着面孔往厕所去，老马让小岗盯着他，如若静坐反省不认真，晚饭罚菜。除夕夜的伙食算是一年里最好的了——每人1/4只咸水鸭、1勺红烧排骨，还有4个茶叶蛋。

这桩事安排完，老马的心情总算舒坦了一些。

3
~~~~~

只是没过半小时，老马就把朱鹏飞放出来了，倒不是他有什么动人的悔错表现，而是科室里转送来一封特殊的信。老马看了一眼，事关重大，不得不将人放了出来。

当时，犯人们正并排站院里理发剃须。除夕日子，犯人们都想弄得干净、体面些。理发师不用什么技术，所有人的发型也没啥差别，清一色光头。只是春节当口儿，会格外细致一些。朱鹏飞从监房出来后，立刻排进队列里等着剃头，老马赶忙跟过来，手上拿着一张A4纸，把他喊进了办公室。

办公室开了暖气，老马解下武装带，搬了两把椅子放在暖气边上。朱鹏飞在门口喊了一声"报告"，刚跨进来，就自觉蹲在了门边。

"来，坐过来。"老马笑着朝朱鹏飞勾勾手，朱鹏飞小心翼翼朝前走了两步。

"朱鹏飞，真想不到啊……"老马突然没来由地嘀咕了两声，拿起桌面那封信，一共三四页纸，递给他，说道："市人民医院的信，说你2006年加入过中华骨髓库，最近匹配上一名白血病患者。信是几天前寄来的，今天才转到监区。医院也和狱政科通过电话了，我提前告诉你一下，反正你不到一周就刑满了，出狱后自己做这个决定。"

老马说完，走到办公室门口，打开门，脖子从门缝里伸出半截，大声喊小岗。小岗迅速跑到办公室门口，老马问他："伙房送茶叶蛋来了吗？今天晚饭前发茶叶蛋。"

"送了，正分着呢。"

"弄一碗送办公室。"

"朱鹏飞，说实话，看见这封信，颠覆了我对你的看法。"

朱鹏飞正翻看那几页信纸，忽然把纸放回办公桌，反问老马："马干部，你对我什么看法呢？"

话音刚落，有敲门声。老马打开门，小岗端着一碗热乎乎的茶叶蛋进来了。小岗把碗放在办公桌上，正准备离开，老马让他等等，说："都是同改，让你的同改先说说对你的看法。"

老马的话说完，小岗笑了，说不想得罪人。

"忠言逆耳。你们一起朝夕相处，24小时都待在一起。你大胆说，朱鹏飞调我们监区也有一个多月了。你说说，他好的地方继续保持，不好的地方回家后注意。"

小岗看看老马，又看看朱鹏飞，沉默了一会儿，认真说道："朱鹏飞人还不错，就是疑心太重，开不起玩笑，尤其是对自己那案子太敏感，大家伙儿都是犯人，谁提谁的罪名都不会介意。直面罪过，才能悔罪。他不直面，每回谁不小心提到他犯花案，他就要和人打架。"

小岗说完这句话，朱鹏飞又瞪了他一眼。老马乐了，"不愧是骨干犯，思想意识不错。但别跟我面前说场面话，继续保持，回去吧。"

小岗走后，老马把碗往朱鹏飞面前推了推，让他吃茶叶蛋，朱鹏飞没伸手。

老马拿起一个，剥开，咬了一口，说，我吃一个就够，这些你端回去。咬了一口蛋，他又说："说得还挺准，你别不高兴。你的服刑档案我看过了，在原监区打架，就是因为同改说你搞了中老年妇女。今天在操场也差点儿打架，还是因为这点罪名上的事儿。"

老马说到这儿，觉得可能话说得重了点儿，有些不妥当，又赶紧拉回来，"过去的就过去了，过去干了让别人瞧不起的事儿，眼下就干一件证明自己高尚的事儿。你看，这不是机会来了。"

老马把剩下的茶叶蛋送进嘴里，拎起桌上的信纸，朱鹏飞垂着脑袋一声不吭。老马觉得自己还得使使劲儿，又说："朱鹏飞啊朱鹏飞，讲真心话，你这人不错，就是脾气太犟，死脑筋。你这种心态步入社会后，怎么工作，怎么交朋友？你还要交女朋友呢，还要成家呀！你已经30多岁了吧，说大不大说小不小。你靠什么征服人家女孩儿啊？看看，这几页纸你落实到行动上，你就勾兑了你从前的污点，就会有女孩儿认识到你是个不错的人。你本来也不错，是吧？不然也不会有这封信……"

老马话音刚落，朱鹏飞站了起来，憋着劲儿说道："我这辈子不会再交女朋友，不会成家，以后我脑袋悬裤腰带上，过一天算一天，我跟谁也用不着相处！"

老马不知道自己哪句话戳了朱鹏飞，让他这么激动。老马让朱鹏飞坐下，他不坐，老马知道他这是在较劲了，忍着没发火。但谈话教育已经进行不下去了，他让朱鹏飞回了院子。

朱鹏飞离开时，老马将桌上那碗茶叶蛋递给他，碗底下垫着捐髓信，"朱鹏飞，你以前应该是个很不错的人。"

老马伸着手，朱鹏飞回身看了一眼，没接，径直离开了办公室。

老马真有点儿泄气了。如果要给自己这么多年的工作来个总结,只拿这一天和朱鹏飞的交涉做案例就足够了——什么时候罚,什么时候哄,什么时候该网开一面,什么时候要苦口婆心,老马心里清清楚楚——做人的思想工作,摆平那杆秤才是重点,可结果究竟如何,的确也是没法预知的,毕竟人心最不可控。

4

这一年的除夕夜,老马反反复复琢磨着这事儿。

等晚上看完春节联欢晚会,犯人们还有一顿饺子吃。大锅里煮出来的速冻水饺,等运到监区,已经糊成了面汤。当然这个节点,大伙儿吃的也不是味道了。院墙外的农民放起了鞭炮,犯人们兴奋中难免带着伤感。饺子吃完,小岗还给所有人派了一根烟,集中在一处犄角旮旯抽完,大伙儿又哄哄闹闹地回了各自的监舍,争先恐后地钻被子里去了。

老马坐在监控台上，逐一查看了每个监舍的画面，犯人们都已入睡。画面调到9号监舍时，他看见朱鹏飞蹲在厕所里。厕所的挡板处贴了1米长的磨砂玻璃膜，他把画面调大，看见里面藏着一只蓝色热水壶。

按照规定，夜间收封之前，需要把热水壶摆在监舍外头（防止夜间就寝期间，犯人发生打斗事件时用热水瓶充当凶器）。见犯人们已经睡沉，老马也不想吵醒他们，加上自己也乏困难忍，本想第二天再问问算了。

可是约一刻钟时间，9号监舍的对讲铃却响了，老马接听，朱鹏飞表情痛苦，请求就医。他调大监控画面，发现朱鹏飞穿着一条蓝色棉质囚裤，弓着身，看上去像肚子疼。老马赶忙喊醒了副班，他着急忙慌披上大衣，赶去9监舍送朱鹏飞就诊。

医院监区门口放着金属探测安检门，虽已是凌晨，但除夕夜的伙食油水重，闹肚子的、肠胃炎犯了的，三五个病犯排着队，还在安检门内进进出出。老马带着朱鹏飞往急诊室闯，朱鹏飞弓着身，步子跨不开，老马一路都是连拉硬拽，后背都汗透了。两人刚跑进大厅，一群候诊的病恹恹的犯人，突然起了精神，"这人裤裆里怎么都是血啊?"

老马这才瞥了一眼朱鹏飞的裆部,棉裤上此时竟然黏了一大摊血。他问朱鹏飞:"你他妈搞什么名堂,能伤到那儿?"朱鹏飞疼得说不上话,老马推着他进了急诊室,医生正帮一名手指受伤的犯人处理伤口。朱鹏飞刚进去,医生摘下口罩看了一眼。老马跟进去,医生立刻问他:"这个犯人怎么回事,裤裆里都是血。"

朱鹏飞满脸通红,使劲儿垂着头,脸都快埋进地里了。老马看了他一眼,跟医生说:"就寝前过道里一盏灯不亮了,让他站桌子上换灯泡呢,谁知道跳下来时,很不巧,被木桌边角的木刺刮伤了那里……"

医生将信将疑,喊朱鹏飞先把棉裤脱掉。裤子脱到一半,朱鹏飞疼得大声喊叫,棉裤被血黏住了,老马找了一把剪刀,小心翼翼地帮着边剪边剥。医生见两人手拙,腾出空来亲自上手。

忙到凌晨4点半,医生帮朱鹏飞处理完了伤口。朱鹏飞从急诊室出来,他弓着身体站到老马面前。老马打了一会儿盹儿,猛抬起头,不知道朱鹏飞等了多久。他站起身打个哈欠,问道,"净完身啦?命根还在吗？叫你瞎玩儿。"

朱鹏飞的脸由红变紫，羞愧到简直无地自容。

从医院出来，两人并排穿过一条景观带旁的石头小路，月光很亮，老马停下来，掏出烟，给朱鹏飞了一根。借着路灯的余光，瞥了朱鹏飞一眼，问道："疼不？"

朱鹏飞嘬了一口烟，侧着脸赶忙吐出来，不敢回话，只敢点点头。老马笑了一下，又问："你咋想起来的……"

朱鹏飞支支吾吾道："开水倒掉，瓶里有余温，感觉很温润，试了试，没看见有个豁口……"

老马哭笑不得。表示这事儿会帮朱鹏飞保密。

朱鹏飞抬起头，眼睛亮晶晶的，"谢谢马干部，你知道的，我本来就是个……这种事儿要被人知道了，我脸上挂不住。谢谢您。"

"回吧，大过年的这么折腾。我还赶着交接班去呢。"老马催他。两人丢了烟蒂，回了监区。

到了9号监舍门口，老马准备锁门，朱鹏飞趴在探视口轻声说，"马干部，你明天把那份捐髓信给我吧，我出去后一定办好这事儿。"

老马瞥他一眼，没回话。忽然，他又把门重新打开，悄声命令道，把那只热水壶洗干净拿出来！

采访完，我跟老马要朱鹏飞的联系方式，刚开始，老马有所顾忌。老吴担保了我的人品，老马最终答应，用自己的手机帮我联络一下。

电话拨通后，朱鹏飞和我聊了1个小时。我问他捐髓的事儿最后有没有落定，朱鹏飞说落定了，捐完后也没什么大碍，就是休养了半个多月。他听说，对方是个12岁的孩子，但按规定两头不能照面，具体情况他也不知道了。医生说这事情的成功率有70%，问他还答应二次捐献吗，他毫不犹豫地签了字。不过后来也没再找他。

我又问他什么时候加入中华骨髓库的，他说那当口儿他相中了一个献血站的护士，追人家，老是一头热地去献血，然后受了女护士的宣传教育，稀里糊涂地加入了中华骨髓库。但护士也没和他搞对象，只说他是个好人，会有另外的好女孩儿等着他的。

我问他出狱这些年过得怎么样，成家了没。他叹口气，说还单着。我们俩又嘻嘻哈哈聊了一会儿，这时老马便将电话抢过去，吼了一句，"认认真真去谈一个！"

7

少年犯篮球队和他们的荣耀时刻

老吴的同事张队长酷爱篮球,他从老吴口中得知我曾在狱内篮球赛打主控,便偶尔也带我去他那个中老年圈子打球,我便认识了管教郑明——郑教练。郑教练身高有1米9多,40多岁了,日常只有搓麻将和打野球这两桩事。他话不多,却球技了得,教球又认真,狱警圈子里名头挺响。

1

人生的第三个本命年,郑明交了军装。那是一身超大号制服,肩章上两杠一星。他将这身棕绿色衣服熨得妥帖,再叠成方块,交还了政工处。

他本是特招入伍的篮球运动员,司职后卫,曾有打职业联赛的机会,但因伤早退,干了几年助教,又调去了军政办公室。2009年春节一过,他便递交了转业申请,5月末得到批复,档案发往地方,7月就去新单位报到了。

新单位是省内的特大监狱,押犯数过万。郑明对此说不上满意,但人过中年,只要还有一身制服、一个铁饭碗,日子怎样过都还算得上体面。

监狱高危监区俗称"严管队",关押了全监100多名刺头犯,是"大小便都没有自由的地方"。作为承担全监惩戒工作的功能性监区,这里针对"顽危犯"采用的是体训为主的惩戒手段。郑明有运动员背景,又在部队历练了多年,上岗不到一周,就被狱政领导器重,鼓励他"搞出点新花样",争取在全省拿下一个"罪犯严训教育示范点"。

以往,这里的"顽危犯"需要每天上午跑10千米,收队之后,再组织犯人们就餐、反省,下午背诵《服刑人员行为规范》《忏悔歌》,晚间收看《新闻联播》、唱红歌,就寝前还有半小时的静站反省。

郑明分析,刺头犯普遍的特征就是不合群,总因鸡毛蒜皮与同改起争执,继而打架斗殴、触犯监规纪律,有些顽危犯就陷在改造关系的恶循环中,屡惩难改。他决定开展"篮球项目体能惩罚",因为"相较跑步,打篮球在体罚的同时,还能培养他们的团体意识。"

他先将100多名犯人进行了区分,挑出40岁以下、余刑6个月以上的犯人,可接触后才发现,这些犯人有半数以上不会打球,文盲比例超过1/10,其中不少人都没进过校园,也不了解任何一项体育运动的规则。

这令郑明十分惊讶,"你完全可以不谅解任何一个罪犯,但如果你比他站在更高的命运起点,是不是要对自己会有更高的人格要求?"

于是,郑明对自己的要求很简单,既然负责惩戒工作,就认认真真把这些个刺头犯"整到位"——于是,就有了"篮球5V5顽危犯矫治方案"。

几个月后,郑明的方案收效不错,超半数的队员在严管出期后,改造表现都变好了,集体意识也有所提高,二次严管的比例大大降低。教改科领导便鼓励郑明"放开手,大着胆子干",副监狱长更是准备成立一个"竞技体育矫正工作室"。

中秋节,全监举办第三届服刑人员运动会,各监管场所的教改一把手入监参观。副监狱长想让"5V5"的队员们亮亮相，跟狱警篮球队打一场友谊赛，郑明赶紧张罗起此事来，选定几个犯人，又想到囚鞋不适合正经赛事，还专门准备了几双国产篮球鞋，定制了一条比赛横幅，"警囚篮球交流赛"——所有费用都是他自己垫的，"领导这么支持我把特长和工作结合，哪好意思开口提经费的事"。

比赛哨声刚响，郑明站在边线处，眼神晃了一下。

犯人这边的中锋是个200斤的胖子，身高184厘米。开球，裁判将球抛向高处，大胖子跳起争球，落地时摔倒了。球权落入狱警这边，率先拿了分。

观众席响起猛烈掌声，裁判的哨声却响了，球场寂静了下来，只见胖子抱住自己的左脚踝，在场上打了几个滚。裁判做了停止比赛的手势，郑明跑进场，发现胖子没穿篮球鞋，只穿了一双秋季囚鞋。他问胖子能不能自己起来，胖子很痛苦，使劲儿摇头。

郑明脑子"嗡"了一下，知道情况不妙，应该是跟腱断了，要马上送医。正巧省局领导就在看台上，立刻批了狱外就医的手续。郑明忙前跑后，挨到第二天中午,才将这桩意外处理妥当。

回了监区,他立刻大抄监,胖子的那双篮球鞋从一名骨干犯的床底下被找了出来——骨干犯还有5天刑满了,缺新鞋;胖子烟瘾大,就用篮球鞋跟骨干犯换了2包烟。郑明发了好大一通脾气,但心里有数,自己这个教改方案要黄了,"领导临走时脸拉得很长,领导不跟你讲什么意外的"。

果然,省局领导前脚走,教改科领导后脚就找来了,也没责怪郑明的意思,先检讨了一番自身工作不细致的地方,说是没考虑犯人的鞋子,转而又说,你也不像话,这运动装备怎么也安排不周全?最后拍拍郑明肩膀,"没大事儿,那方案就歇一阵吧"。

2

有好一阵子,郑明半夜睡不着了,家庭生活也不和谐。

老婆几年前辞了体制内工作创业了,眼下公司风生水起,女强人的派头。儿子要出国念高中,他当爸爸的却什么忙也帮不上,还没时间陪儿子——他时不常要熬个通宵班,到家后妻儿都出门了,只剩下饭桌上摆着交流用的纸条——单位里禁止外部通信,这种书面交流方式妻儿早就适应了。

因为郑明抽烟的事儿,老婆总发脾气。郑明清楚,老婆每年缴的税都比他工资多,就是嫌弃他大老爷们养不起家。前几年,每到发工资的日子,一家人都很开心,郑明上交的票子,老婆总要认真算好久。如今,郑明已两年没交过工资,不是想藏私房钱,是他那点儿工资老婆瞧不上了。

郑明也不知道钱要花去哪儿,就提了提香烟的档次,从20元的芙蓉王改成40多元的苏烟了,剩下的钱都花在儿子身上了。家里有人时,烟是不敢再抽了。每次靠近家门了,他总要站门口先抽两根过个瘾。有次烟蒂落在楼下晾衣架的棉被里,烧起一把浓烟,惊动了消防队。他想"自首",老婆狠狠地瞪着他,意思很明显,敢出门丢人现眼,就别回来了。

那是他平生最"窝囊废"的一天。

这一年暑气未脱,郑明就憋闷起岗位调动的事儿来。

单位有去地方司法局挂职锻炼的名额,郑明想要一个,但不符合条件——这是给30岁以下的狱警准备的,挂职回来就提级,郑明已是副科,好端端的,又不能给他整个火箭式提拔,挂职名额落不到他头上。上面来人做工作,"点了点"郑明:墙里当差,忌冒进。

郑明领会了,枪打出头鸟,但还是想争取一下——家和单位都待烦了,儿子要出国读书,老婆商务应酬多,眼下正处于"厌倦克服期",地方司法局正是一方透透气的新空间。

这事立刻被上面否了,上面问他知不知道副监狱长升职的事。郑明当然知道,副监狱长调任少管所当一把手了。

此时,上面才说:"副监狱长是认可'5V5'的,要不是那桩意外,再等半年一载,教改科就是你当家。少管所的工作有挑战,你要愿意去……你懂的,副监狱长比你还小几岁,提正处了。"

送走了上面的人,郑明琢磨了一番,"可以接受啊"。

少管所离家200多千米，有充足理由可以十天半个月不回家，和老婆保持一点儿距离，也少受点儿窝囊气，缓一缓这压死人的中年危机。

于是，秋初，郑明就去少管所报了到，职务是高危监区教导员，主抓47名刺头犯的管教工作。

2008年抗震救灾，少管所负责抢工救灾帐篷，少年犯们没日没夜地出活儿，饿了在缝纫桌上吃，困了在车间通道里睡，圆满完成了上级交代的生产任务，立了功。后来监区搞扩建，省局便拨专款改善硬件，这里便有了两块铺了塑胶的标准篮球场。

少年犯排成4列，剃了光头，穿黄条纹灰色囚服，保持着标准蹲姿。日头照在他们稚嫩的脸上，一个个紧皱眉头，额头泛着油光。他们年龄最小的才14周岁4个月，最大的还有2个月要成年了，马上转投监狱。

郑明穿了警服正装，肩章上的金属"豆子"反光刺眼。他背着手，小一刻钟了，闷声不语，两根手指夹住一沓小卡片。有两个少年犯被他的肩章晃了眼睛，脑袋躲让了几次，破了蹲姿。

"你，还有你，出列！"

两人一高一矮,矮的蹲了一下,弹簧似的跳了起来;高的很吃劲,腿蹲麻了,撑住旁边人的肩膀,勉强起来,吊着一条腿,一瘸一拐地走出了队列。

"其他人起立!"

所有少年犯都站了起来,甩胳膊、甩腿,用大幅度夸张的动作抗议着。

"你们两个蹲不住的,去给我跑。其他人来领卡片。"

卡片上写的都是篮球术语,体前变向、胯下运球、胯下反向横移、背后运球……每个术语都对应着从0到9的编号,比如"0"是体前变向,"1"是胯下运球,"6"是反弹。郑明让少年犯们双手平举卡片,背熟上面的术语,以及对应的号码,等背得滚瓜烂熟,再增加难度,他随口报数,少年犯就要回答出对应的术语,不得卡顿。

郑明分管这群刺头犯几天了。以前的工作流程,新警入职先要"数人头",熟悉少年犯的长相、名字、案由,然后逐一进行谈话教育,了解少年犯的思想动态。可这些天郑明很少说话,端出的是一副威严的教官架子,制造各种理由,有时又毫无理由,让这群刺头犯蹲、跑、反省,当然最重要的还是"背卡片"。

一方面，他是有意"甩脸"；另一方面，他在为自己的篮球训练方案打基础。这一张张卡片，可费了他一番功夫。

这曾是一套废弃的战术，多年前郑明打球时，有个铁腕教练，当时球队纪律松散，战术打不出来，教练只得采取极端方案，将球员"机械化"，战术全靠"数字编码"执行。训练时，教练和几个助教在场边，每个回合都喊一串数字，球员们听见数字后再做对应的动作。

当然，这套编码战术无法运用到实际比赛中，但用来调教刺头犯正合适，训练他们的服从性，有了服从性才能有集体意识。

很快就看到有人偷懒，郑明靠上去，大声质问："这纸片有多重？"

偷懒的人吓坏了，答："不重。"

郑明一巴掌打在他手臂上，训斥："胳膊怎么软了？"然后又打一巴掌："怎么软了？"统共打了不知多少下，骂了不知多少声，周围人都害怕了，一个个双臂伸直，举高卡片，大声背诵起来。

而那两个罚跑的更不省心，没一会儿，就在球架处打起架来。郑明三步并两步跑过去，副班民警也赶来了。两人已经滚得满身灰土，被拽起身后，高个儿左眼处三道血杠子，矮个儿朝手掌心吐出一颗黄色大门牙。

郑明一手扯住一人的耳朵，副班给两人戴上了手铐，"蹲不好，跑也不中用，打滚倒是强项！"

矮个儿跳起来嚷嚷："报告警官，他打掉我门牙了，门牙算轻伤，给他加刑！"

高个儿不以为然，抖着细长的右腿，对周围人大喊了一句："屎猴子毛都还没长，还换牙呢。"一堆少年犯就跟着起哄。

郑明厉声一喝，让矮个儿张大嘴，看他牙龈出了不少血，就让副班收队，他要带矮个儿去医院看牙。

按照狱警押送少年犯的行进规矩，郑明应该要跟在少年犯身后，保持1米距离。但他刻意和矮个儿并排，扯了矮个儿胸前的犯号牌，看清了名字，"毛小岛"。

郑明问他多大了。

"报告干部，16岁啦。"

"犯什么事儿?"

毛小岛声音很低:"侮尸。"

郑明心里咯噔一下。

3

医院监区在东南角,挨着岗楼。毛小岛张大了嘴,医生戴着口罩看了看,对郑明说:"牙周炎,而且不注意卫生,牙垢赶得上我农村老家的厕坑了。带走吧,没什么大碍,还换牙呢。多注意卫生,不然出了新牙也烂精光。"

毛小岛咧着嘴,跟医生起腻,求着开药,什么宝塔药、维C银翘片、止咳糖浆……只要是口甜的药,随便什么都好。

"你看牙的,要这些药寻死啊?!"郑明问。

毛小岛不敢说,这本不是给他自己要的,是要去"孝敬"监舍组长"小恶霸"的。

毛小岛认定,但凡"混出头"的少年犯,都"有条儿"——这"条儿"到底是什么,他也说不准,可能是一个有本事的老爹,一种和管教相通、熟络的门路,也可能仅仅只是大账上的钱多……总之就是不能得罪,不然他在牢里就不好过。

虽是监舍里的能人,但毛小岛仍是个"灾犯子"。这类人,要么得罪了被管教关照的关系户,要么犯的事受人鄙视——毛小岛犯侮辱尸体罪,获刑1年4个月,没跑的"灾犯子"。这种罪名最让人抬不起头。

毛小岛在看守所就没过一天安稳日子,进了少管所就学"规矩"了,人也精明了。该打架时不能尿,该守的规矩也不能破。比如在操场和高个儿干架,就因为他跑在前面,放了个屁,高个儿骂人不休,抬脚踢他,他不还手不行——少管所最看不起打不还手的人——打不过,是另外一回事。

送来"严管"前,毛小岛在劳务监区里的箱包厂钉纽扣,活儿简单,劳动时间长,俗称"呆子活儿"。可有次毛小岛分了心,将A款包的纽扣钉在了B款上,线长跟着遭了殃,连带加了两个通宵班返工处理了这批包。

自此，毛小岛在生产线上就没好日子了。

毛小岛被欺负得忍无可忍了，竟然自伤自残，这可是严重的违规违纪行为，他被送进了严管队，期限2个月。

4

那天从医院回来的午后，郑明组织各监舍学习《监狱服刑人员行为规范》，大厅内如同校园课堂，四处响起朗读之声。他端一杯热茶，到了警务台，高个儿已坐在那写检讨，毛小岛却不在。他让小岗寻人去，发现毛小岛倒在了盥洗间。

小岗将毛小岛拍醒拉起来，问了问，得知他是饿晕的。郑明得知情况后，去办公室泡了一杯麦片，毛小岛一口气灌下去，说没解饿，又泡了一杯。

等毛小岛缓过劲儿，郑明问："哪个不让你吃饭的？"

毛小岛摆摆手，只说自己不争气，一盒饭没端稳，撒地上了。

郑明不再问了,让毛小岛去警务台写检讨,自己去了监控台调监舍中午就餐的录像。果然,毛小岛的那盒饭是被同舍的少年犯们手递手倒进了厕坑——那是严管区一月一次的"大荤",腐竹烧肉。

之后,没有看到"甜药"的"小恶霸"又打了毛小岛两巴掌,让他去洗饭盒。大概是这顿"大荤"的饭盒不好洗,毛小岛才去了盥洗间。

毛小岛受欺负后不敢指控欺负他的人。郑明想找一个公正稳妥的办法,鼠标随便点来点去,无意间调到了前一晚的监控,毛小岛跳起来够着电视机调台的画面让他惊住了,"这小孩的弹跳力真吓人"。

这个画面瞬间给了他灵感:"以后所有人的矛盾都在球场解决,拿这事儿开个头儿,建立一个竞技体育的氛围,靠本事说话,靠本事赢得尊重。"

那天下午,郑明把少年犯们都集中到球场,点了一遍人头,将"小恶霸"和毛小岛从队伍里喊出来。郑明要当众人的面,出"小恶霸"的洋相。

"小恶霸"的体格肥壮,跑几步就喘,即使毛小岛啥都不会,只要郑明把"斗牛"规则设置成5球制胜制,毛小岛靠体能优势足够拖垮"小恶霸"。

郑明将两人喊到球场正中央,其余少年犯站去线外,然后站到两人中间。

"我今天在监控里看见毛小岛的午饭被倒进了厕所,顺着一查,知道这个监舍组长是个厉害人物。有多厉害呢,看这身肉、看这块头——"郑明一边说。一边掐"小恶霸"的肩头肉,"我也不评价这种事儿谁对谁错,你们的世界我晓得,既然你们精力无限,背地里搞弱肉强食、大的欺负小的这一套,没意思,也没出息。今天,我们玩点儿新花样,体育竞技。你们看看,今天谁能赢。"

有人起毛小岛的哄,其余人跟着哈哈大笑起来。

郑明瞅一眼毛小岛,他的腿在打抖,"小恶霸"的头昂着,一副藐视人的样子。郑明知道,他小瞧的不是别人,是自己。

"这样吧,也不知道你们会不会打球。今天先化繁为简,只要不抱人、不拉人、不撞人,可以二次运球,有本事把球投进了,都算分,先拿够11分的人赢。赢家可以指挥输家一件事，洗衣服、刷碗……除了不能指挥输家干违规违纪的事，其他都可以。"郑明宣布。

两边都听清了规则，郑明让两人出"石头、剪刀、布"，决定谁先得到球权。

"小恶霸"赢了，接过球，"吼吼"两声咆哮，开始运球，拍了几次，用力过猛，球差点儿弹过头顶。毛小岛来抢，"小恶霸"侧身一屁股撞在毛小岛面颊上，将毛小岛撞开了1米多。

人群在起哄，"小恶霸"单手抓住球，咬紧腮帮子，双手一捏，球竟然爆了。周围人吓住了，郑明知道这只是一个劣质球，但能捏爆它，手劲也着实不小。不过郑明并不吃惊，"这就是一种拙劲,算不得篮球天赋"。

郑明做了个暂停手势："违规，交换球权。"

新拿来一只标准篮球，毛小岛抱住了，因为他身板小，球显得过分的大，像抱个箩筐。他站在三分线外，见"小恶霸"张大了臂膀扑来，猛一下跳了起来，跳得真高，大伙儿看呆了，以为他要投个三分，结果原地又落下了。"小恶霸"回了神，大巴掌拍上去，一下将球打落了。毛小岛追着球，又捡到了手上，运两下抱住一下，到了篮筐下面。

"小恶霸"追了过来，气喘吁吁的，一脑门的汗，右手像僵尸那样伸着，想抢到那只球。毛小岛停顿了一秒，然后举高球，屈着膝。大伙儿都知道他要跳了。这家伙的一双腿，像绑了炸药包，爆发力惊人。他果然跳了起来，但手滑了一下，球掉了。他那双手太小，在空中胡乱挥舞了两下，所有人都目瞪口呆了——这个小家伙，跳起后竟能双手触筐！

10分钟后，"小恶霸"胡乱投进两球，毛小岛则颗粒无收，但局面已开始转变，"小恶霸"喘气如风箱，毛小岛反而越发起劲，闪躲腾挪，乱碰乱跳，虽几次将球投到了篮板后面，但他完全掌控了球权，出手机会是"小恶霸"的好几倍。

郑明忍不住冲他吼了一声："运到篮筐下面，跳起来投！"这招果然奏效，毛小岛接连打板。接下来两人又纠缠了几回合，"小恶霸"的体能彻底亏空，瘫倒在球场中心。

有人哄笑起来，受过欺负的人有了胆量，一边倒地为毛小岛加油鼓劲。毛小岛兴奋了，几次运球冲击篮筐,球砸得篮筐"砰砰"直响,最终,他好不容易找到一些小窍门,在罚球线位置投进了两球,还剩最后一球,就能终结比赛了。

"小恶霸"挣扎着站起来,站在三秒区内,张开粗壮的臂膀,笼罩着那块阵地。可毛小岛的神情早就不像最初,他全身都舒张了、兴奋了,朝"小恶霸"如山的身躯飞奔而去,跑进罚球线两步,忽然跳了起来,双腿曲着,双手举着球,应该是想要模仿一个灌篮的动作——当然失败了,身体滑落时,他仓皇投球,球撞在篮筐上,左右颠了几次,掉入框内。

毛小岛赢了,人群沸腾起来。

郑明宣告比赛结束,到了赢家"领奖"时刻,他问毛小岛:"你准备让他为你做什么?"

毛小岛想了一下,说:"我不要他做什么,只要他对我说声对不起。"

大伙儿面面相觑,"小恶霸"怒目圆睁,毛小岛又说了一遍:"我要他跟我说对不起。"

这一声显得过于高亢,出乎郑明的预料。很多人开始一起喊"道歉道歉",面对突如其来的反对声浪,"小恶霸"怂了，身体缩小了似的，弓着背，软了声。

"对不起。"

人群又在喊："听不见，听不见！"

郑明怕事态恶化，正要阻止这场集体的哄闹，忽然传来绵厚嘹亮的哭声。他回头一看，"小恶霸"已大屁股着地，瘫在地上，号啕大哭起来。

5

"小恶霸"的真名叫袁叶飞，17岁，老爹是家乡苏南小镇的头号人物。"我老头子光塔吊就有几十架，一年到头屁事不干，光租给那些工地，就有上百万的年收入哦。"

老爹发迹之时，"小恶霸"已9岁。他之前一直和老娘留守家中，老娘过日子太省，一根腌菜掰两截。9岁前，"小恶霸"就没吃饱过几顿，一到吃饭时，老娘的眼神钉在他身上，掉了一颗米粒，筷子伸过来就是一记敲打，敲中了指头骨节，人要疼得飞起来。要是疼得摔翻碗,等待他的就是暴风疾骤般的打骂。后来他也说,他其实从小就是个"哭包",还被抠门的老娘吓得尿过裤子。

后来郑明注意到,监舍里的饭盒发到手上时,"小恶霸"脸上的筋就不自觉地绷满了,他吃饭很快,每嚼几次,就下意识摸一次下巴,摸到了饭粒儿,立刻拈进嘴里。"小恶霸"嗜"甜",是小时候耍机灵耍出来的毛病。有次他肚里闹蛔虫,老娘弄了宝塔药给他。他一下喜欢上了"甜药",时不常要装装病,在老娘的怀里尝一点儿甜头。

老爹发迹后,日子就颠了个儿。"小恶霸"的身体像气球一样飞胀,胖得超过了所有同龄的孩子。

有次,老爹为了一个工程的标,办家宴招待乡镇干部。老爹本想请个主理红白事的厨子,老娘哪里肯花这种钱,非要自己大包大揽。肉丸子3天前就炸好了备着,结果开宴当天,偏偏肉丸子馊了,一个干部当场就吐了。

那几年他老爹红运当头,标还是拿稳了。但这个糗事情传遍了乡镇,大伙儿背地里都说他老娘上不了台面不说,还是个拆台的主。但"小恶霸"知道,自己老娘为了炸好这些丸子,胳膊被热油烫出一排泡。老爹臭脾气,挑狠毒的话泄愤。老娘一边听着骂,一边用那条伤了的胳膊洗衣服。

"她在家是个老妈子,保姆功能,哪儿像个富太太。""小恶霸"再是挨过老娘无数的打,他心和老娘连着的。

老爹钱越挣越多,干妹妹认了一大堆,前面是带回家吃饭,老娘烧好了端上饭桌;后面发展到几个干妹妹留宿家中,老娘起早洗她们的内衣、内裤。"小恶霸"年纪小,胆子却大,有几回捏着拳头要帮老娘教训这些个花里胡哨的阿姨,却吃了老娘的巴掌。老娘告诉他忍住,"忍住了,家就散不了"。

可家还是散了。老爹非要和老娘离婚,说是搞大了一个干妹妹的肚子,非得娶,要对人家负责。老娘没说什么,也没要什么,离婚协议签得痛快,只求老爹千万对"小恶霸"好。

回娘家前,老娘给"小恶霸"买了一箱旺仔牛奶。可还没等那箱牛奶拆封,这位 30 岁刚冒头儿的女人耗尽最后的忍耐力，上吊了。

后娘进了家门，嫌"小恶霸"胖，在家里丢人。她说服男人逼这"废物儿子"减肥。减肥就是减餐——后娘喜欢打麻将，哪有工夫儿给"小恶霸"做饭，让"小恶霸"减肥，她也能在男人面前落个"体贴继子"的好形象。

"小恶霸"饿到半夜钻进镇上的豆腐坊抓那些刚点了卤的白豆腐下嘴。豆腐坊老板以为镇上进了野猪，次日半夜去捕，逮住了一看，竟然是袁老板的儿子，洋相出大了。

"小恶霸"自此之后就伤透了自尊，他要变狠，狠意味着强大。因为一点儿记都记不住的小事，他就剁了同学半截手掌。老爹摆了那么大的阵仗帮他"平事"，"小恶霸"不领情，"他还不是为了显摆自己的能耐，让别人知道，他袁老板有本事，罩得住大事"。

入狱服刑之后，老爹没来看过"小恶霸"一眼。时髦后娘又给他生了一个男孩儿，那是新的一家三口，一个不用再顾虑老底被戳穿的富豪家庭。

郑明查了"小恶霸"的服刑档案，知道了他被"严管"

的原因：他在原监区的工位上刻字。那当口儿，监区刚购置了一批崭新的电脑机，可自动断线，能提高生产效率。几百个"琴"字被他密密麻麻地刻在新机洁白的台面上，刻字工具是一把U型剪，剪线头时领用的。

那天，主抓生产的大队长正引着一群领导参观新设备，一个挂着参观证的中年男拍了拍"小恶霸"的脑袋，和蔼可亲，敲了敲他的工位，说，"挺顽皮的啊，不治一治，以后出去了，这乱涂乱刻的毛病可能用在人脸上"。

这中年男不是别人，是新到的政委。大队长一分钟没耽搁，取了一副手铐，当众铐住"小恶霸"，送来严管，期限定得很高，3个月。

6
～～～

监区的篮球氛围起来了，到了晚间看电视的时候，各监舍都在看球。郑明那套编了号的术语，所有人都已背得滚瓜烂熟，就对照着开展各项基本功训练。

第一周，光拍球就要拍一上午。有人拍得好，比如毛小岛，一周练下来，左右手能拍，交叉步能拍，胯下能拍。也有球感不好的人，比如"小恶霸"，他的一双大手就笨得气人，球拍不了几次，要么弹飞，要么滚得没边。但笨归笨，练球很能吃苦，好像跟谁较劲似的，一周球拍下来，身上一堆肥肉眼瞅着变紧实了。

郑明见"小恶霸"奋力拍球的样子，开始以为他是想争口气，在球场上挽回颜面，夺回他在监舍里的地位。可后来才发现，他眼睛一直瞄着远处的一群女犯——少管所分男女两个关押区，女区有370名女性未成年犯。两个区用4米高的围墙隔着，但操场是合用的，中间用铁丝网拦住了。

郑明收回目光，"小恶霸"却还在张望。他走过去，抬手一巴掌，"小恶霸"醒了，赶紧拿球来拍。

除去服装生产的活儿，少管所还有一片茶场，采茶由女犯们负责。新茶上市那几个月，是所里日子最好的时候，伙食标准提上来了，间天开一餐荤。

等茶季一过，全所的伙食标准就得降，普通犯人变成两餐制，一周开一顿大荤，通常是红烧肉；严管队一周只有一次小荤,万变不离的炒鸡蛋、洋葱炒、青椒炒、黄瓜炒。开荤日都在周三。那一天,少年犯们无不是一双发光的狼眼,饭点一到,个个疾步如飞。

郑明每天跟伙房讨要20个鸡蛋,用现产的茶煮了,放在不锈钢盆子里,沙沙地冒热气。练球时各项技能熟练挂靠上编码的人,发一双蛋。这番姿态相当硬核,不废话,谁有本事谁吃蛋。

毛小岛每天都领到蛋,巴结他的人就多了起来——谁不眼馋呢。没多久,蛋就成了硬通货,谁都不敢再当毛小岛是灾犯子。毛小岛得了势,走起路来,脑袋就昂着。

有一天,毛小岛从小岗那儿得了一本黄书。私藏黄书在普通监区算一般性质的违纪,但在严管监区,是削郑明面子的大事。他不光要处罚毛小岛,还要倒查这本书的所有接触者,一个个全要拎出来。

可费了一番功夫,郑明竟发现所有的少年犯都看过这本书,毛小岛是最后一个。郑明往前查,查到了源头,书是"小恶霸"的。

书是哪来的呢?原来,严管区里一个"老犯"成年后要转监,临走前清点了"遗产",最金贵的就是这本书。这个老犯是个"小劫匪",入室抢劫13次,获刑15年。

郑明知道他们监内的事儿,问道:"留号码没?"

"小恶霸"说:"留了,用圆珠笔记在一条保暖裤标签上。"

狱方很重视这点,郑明立刻去储藏室清查这条保暖裤,找到之后,当着"小恶霸"的面剪掉,并且厉声呵斥他,出去后也不许联系"老犯"。

"小恶霸"挨了这通训,又被郑明罚3天体训量翻倍,恨极了。当天上大号,又碰巧和毛小岛抢蹲位,二话不说,拿起一把水壶砸了过去。毛小岛额头缝了几针,长出一道雪亮的疤。

这下,"小恶霸"禁闭7天,严管期延长2个月。

7

郑明没想到的是,因这本黄书,新成立的少年犯球队和驻监武警的球队拉上了关系。

他成立没多久的"5V5篮球矫治项目"上了内部刊物，武警中队看到了，说他们也有一支球队，困在荒郊野地，自己人打自己人，没劲儿，正愁没对手。

武警来约球，郑明犹豫——不论球技，武警的体力肯定远胜少年犯，体格上也占了上风，加上两边不同的身份属性，球场上激烈程度可想而知，少年犯难免被虐，他怕有人受伤。

"我这个就是体罚项目，实战能力并不好。"

他前脚用这个理由回绝了，后脚人家就找去了教改科。经过沟通，最终决定打一场。

虽然"5V5"搞了一段时间了，但真正能上场比赛的，只有7个人，其他的都是滥竽充数——篮球规则还没完全搞懂，上了场肯定会犯一系列低级错误，输球不说，主要是出他郑明的洋相。7个人除去5名首发，只有2个替补球员。毛小岛是核心后卫，换不得；"小恶霸"是篮板球的顶梁柱，也没有他的替补。这两人体力如果跟不上，这场比赛就输到家了。

毛小岛和"小恶霸"不知完成了多少个折返跑，

要累瘫了。郑明吹了暂停哨,没等两人歇上一会儿,又安排了其他项目。

毛小岛的控球能力是队里最好的,但郑明觉得他控球太飘,力道不够,就让他进行大力运球的练习;"小恶霸"只有体格优势,郑明教他卡位、护球、传球,进攻手段只让他练一招"天勾"(勾手投篮)——对方肯定有更大体格的内线球员,"小恶霸"学了这招,可以降低"吃帽"的概率。

郑明抱着"临阵磨枪,不快也光"的心态,狂训这两人。可真到了比赛那天,武警那批人的身体素质简直吓了他一跳——个个高大威猛,一身漂亮的肌肉。武警中队长还跑来摆姿态,当他的面点球员的名,让他们自报年龄,个个也才十七八岁。意思很明显——球员都是同龄人,没让郑明吃"级别"上的亏。当然,这种"上风",郑明懒得占,"武警打犯人,肯定要赢的,输了是下不来台的"。

郑明厌了,本来还布置了几个战术,想来没什么必要了,只叮嘱上场的少年犯,"放轻松,注意自我保护"。

8

比赛开始了,球权先到了武警这边,人家的中锋比"小恶霸"高半头,体重虽不如"小恶霸",但四肢结实,能跳能跑。相比之下,"小恶霸"又笨又沉。

对方传球行云流水,毛小岛防不胜防,中锋假投真传,球又到了后卫手里,毛小岛已经失位,对方挤入内线上篮,球进;球权交换后,毛小岛带球未过中场,被对方后卫断掉,下了记快攻,球进……

周围都是看球的人,武警中队组织了40人的助威团,个个军姿笔挺,掌声如雷。教改科也组织了全所少年犯观赛,但他们只会瞎起哄,刚被人家打了几记,就喝起了倒彩。

"小恶霸"满场乱吼乱叫,这气势倒挺管用,瞬间摘下几个篮板。可惜血上了头,球没及时交出去,被断掉,又运丢了。

打完第一节,武警中队得了二十几分,少年犯队的得分才个位数。郑明也不多话,只叮嘱大家"多挡拆多传球""不要把球运死了再想起来传"。

队员们再上场，局面越陷越糟。实力差距太大，少年犯们越是发狠，身体就越僵，所有人都被对手晃得东倒西歪。

半场休息时间，教改科这边看不下去了，毕竟还有摄像机架着，比分不能太难看。少年犯们的精神面貌一点没体现，活活被人家当猴耍了。武警中队长也识趣，跟几个队员说了悄悄话，意思是让着点，把比分缩小在10分以内。

对方一让，毛小岛的优势就凸显了，下快攻没阻碍的，一双竹竿腿撒开了跑，有几个"三步上篮"变成了4步、5步。裁判也不吹，"小恶霸"紧跟后头，气喘吁吁地讨球。毛小岛传了他一个，他身体虚了，投了个"三不沾"，骂骂咧咧地往回跑。

第三节打完，"小恶霸"一分未得，场边休息时，眼睛都不敢抬。武警让过头了，忽略了毛小岛恐怖的移动能力，打过球的人都知道，防守那股劲一松动，再鼓起来就难，最后竟让少年犯队反超了1分。

第四节还是要动真格了。郑明早就看出了对手的弱点——主控太黏球了，全队所有的进攻都依赖他发动,如果把这人防死拖死,还有赢球的机会。郑明赶紧做了战术布置,可真上了场,少年犯队早将战术抛之脑后,乱打起来。

郑明急了,脑子里忽然涌上来一串编码。前一阵,他给毛小岛搞过特训,全是编码战术,他开始在场边吼这一串串编码,本已疲掉的毛小岛像是被重新唤醒了似的,反应迅速,一套套对应编码的动作都做了出来,漂亮极了。

到了比赛最后3分钟,少年犯队又来了一波"球运"。毛小岛一个变相突破,三步上篮,对手撞翻了他,球及时高抛了出去,进了,还造了对手犯规,2加1,罚球也磕磕碰碰地进了,3分入账;"小恶霸"拼下一记前场篮板球,对手被他拱出了边线,但裁判没响哨,投球,未进,又拼下篮板,再投,对手"啪叽"一巴掌打他嘴巴上了,那投出去的球在篮筐上滚了几圈,进了,"小恶霸"满嘴淌血,裁判响哨,对方犯规,2分照算,1罚1掷……一来二去,少年犯队追回了7分,还差2分。

比赛就要结束了。武警掌控了球权,"小恶霸"

再也争不到一个篮板，但武警们的手感都不烫了，就像一根弹簧松到底脱了劲，发动了3次进攻，一球未进。

最后10秒，球权还在武警这边，他们也不想打了，保持这2分的优势，也算给"主队"面子了。那个后卫将球运过中场，玩起了背后运球，要耗尽时间。

郑明的大脑也一片空白，一个编码也喊不出来。少年犯们累到不行，双手撑在膝盖上，呼呼直喘。场边一块移动计时器的大红色秒针"咯咯咯"，马上要画圆最后一圈。

忽然传来一阵尖锐的呐喊声，是铁网那头的女犯们在点名报数，她们在操场上的自由活动时间到了，正收队回监区，临走时齐声喊"加油"，为少年犯队助威。

这一阵声势，惊到了武警队那个持球的后卫，松了一下，球就脱了手，正要救，一个瘦小身影飞扑过来，超起球直冲篮下。武警队谁也来不及回防，秒针还有最后一次抖动，那个野猴般的身影已冲到三分线……

郑明今生难忘那个腾飞的身影："他从三分线起跳，屈着膝滑翔至罚球线，双手一抛，那颗球打在篮板上，反弹进了筐里。"

哨响，比赛结束。

这球算3分还是2分，引起了争议。按规则，3分线起跳的，该得3分，这么算，少年犯队就赢了。但武警中队长发火，非说这球顶多算2分。郑明的犟脾气也上来了，反问中队长："什么叫'顶多'？"

教改科出面调和，意思是客队第三节明显让了很多，这球还是算2分，打个加时赛。郑明不讲话了，武警中队长也不多嘴，但双方都是一副气鼓鼓的架势。

加时赛没悬念，少年犯队的体能彻底垮了，瞎抛瞎投，武警队毫不客气，5分钟砍了10多分，比赛结束前几秒，毛小岛还在极力防守，被对方后卫顶翻了，摔破膝盖，血混着汗液直往下淌，人顺势倒下，半天起不来。

郑明慌了，跑去一看，毛小岛满脸湿润，汗液泪液分不清了，一齐流到嘴角。

郑明问他起不起得来。他弱了声，拉着哭腔喊："输了,输了……"

9

少年犯队的比赛输了,却打出了名声。后来的两三年的时间,"5V5项目"被省局热捧,每月都有兄弟单位约球,郑明应顾不暇。

他依稀记得如毛小岛一样出挑的球员:"有人是天生的控卫,跑动能力惊人,一场比赛能发动十几次快攻,全凭后场到前场的控球速度;有人身体素质出色,能担守内线,一场比赛狂摘30个篮板球;有人练就了一手精准三分球,CBA全明星当天,他在狱内球场和电视里的张庆鹏较劲,就落后1分……"

也许少管所的球场不标准,三分线近了,篮筐矮了,但这位因盗窃入所、本对篮球一无所知的山区孩子,仍旧是郑明眼中天生的射手。

郑明的篮球矫治项目不敢保证对他们的狱外人生有多大帮助,他仅想在这块高墙电网围拢着的小小球场上,让他们在灰暗的青春中闪一次光。这些迷途中的少年,需要某种精神上的指引,在郑明看来,赛场上的荣誉或许是其中之一。

但问题也来了,球场上的荣誉让一批批拔尖的球员有了拉帮结伙的资本,出狱后重新犯罪的风险可能会更高。最终,篮球矫治项目还是被取消了。

2010年到2015年,郑明的"矫治工作室"运行了5年。数不清的少年犯成年、出狱,又或重进牢门。对于郑明来说,日子像复制一样,不到每年发新日历本的时刻,谁也觉察不出"办公桌下怎么堆出这些旧日历本?"

但如果细细摊开了,这5年,也像一把生锈的厨刀,钝钝地将郑明一段相当苦闷的中年时光摆上了人生餐桌:他和老婆协议离婚了;父母前后脚离世了。

2014年除夕,郑明排到了夜班,"回家也没什么人,倒不如让让同事"。那晚有几个少年犯从伙房弄到了黄酒,被他当违禁品给收缴了,1斤装一袋,一共4袋。夜里他独坐在监控台,把酒喝了个精光,醉到人仰马翻,醒来时已在医院。他在重症监护室昏迷了11天,

"工作上本来要背大处分的,上面觉得我捡了条命的人,不计较了,但自己那'5V5项目'算是彻底黄了"。

再往后,郑明辞职了,"我分在监狱二道门值班室,穿的是一身警服,本质上是个看大门的了,但这不是主要原因……蛮矫情的,听不到球场上'砰砰砰'的拍球声,我坐不住的,针扎屁股一样的难受……"

2015年,郑明42岁。人生穿过一套军装,一套警装,都是自己主动上交的,"从军、从警是普通男人梦寐以求的荣誉,我交了那套衣服也后悔的,但就是这么辞了"。

郑明闲在家中吃老本,没事儿就在球场打打球,打了半个多月就成了这块野球场上的球星,小区周围的闲散中年人认得了一大帮子。这些无事佬隔三岔五来球场活动一下筋骨,主要是心里害怕,怕舒坦的日子不太健康。郑明和球场上的人混得比较熟,一起开了一家盲人推拿店按摩。不承想,郑明在那儿还碰见了个熟人。按摩店老板——"大块头",在郑明去少管所之前,在监狱里他们有过交集。"大块头"送他一张贵宾卡,郑明不收,"大块头"就告诉技师:凡郑明到店，1个钟的推拿最少做到1个半，有时郑明睡过去了，醒时天色乌漆漆，技师还在他背上卖力刮捏。时间长了，郑明也搞清楚了推拿行当的一个"知识点"——有名的师傅都有双大手，覆盖面积大，力道也把控得住。否则时间久了，指头关节吃不消。

10

一天回到家，想不到的事情发生了——书房那台浮满灰尘的座机响了起来。郑明未离职前，这台电话一年还能响个三两回，眼下忽然又响，吓了他一大跳。他定下神一想，猜到应该是少年犯打来的。

这个电话号码，以前的少年犯几乎人人记得。严管队出期之前，郑明要考核每位少年犯，让他们熟练做出一套编码口令的篮球动作，这套口令就是自家的电话号码。郑明表态，出狱后遇到困难的人可以拨这个号码，他可能解决不了所有人的困难，但至少可以约个球、谈谈心。

郑明拿起话筒,里面传出一阵哭声,音调很熟悉,乍一听又想不起人来,追着问了好几句:"你哪位啊?"

哭的人是上气不接下气,缓了缓,才报出名:"小霸王"。

2010年夏天,"小恶霸"出来了。几个"山上"(刑满释放人员)的朋友来接他。小兄弟们开了两个乡镇赌档,狂得没边,"小恶霸"跟着他们混,花天酒地的日子过了不少,牢饭却也多吃了两趟。

2015年秋末,他第三次刑满释放。出狱头天就遇上几个老混子喊了外地人"冲档"。"小恶霸"被几十个举着"土制喷子"和刀叉的壮汉围攻。他一只手举着木板凳,另一只手拎着刀胡砍。只觉被人当面打了一拳,脑子闷闷地响,栽倒下去。

醒来时,他闻见一阵消毒水的气味儿,听见有人说"取出来十几个钢珠子",浑身哪都异常灵敏,唯独眼睛疼得睁不开了。出院后躺在家里的床上,眼前只有模糊一片,废物一样,没谁同情他,都说是"现世报",将他当个反面案例教训自家小孩。

老爹最初心疼了几天,后面也不管不顾了,有时在床头塞两包高档的烟，话也不多说，唉声叹气地走去另外一间房。后娘还是黏在麻将桌上，输了牌就瞧他这吃白食的不顺眼，要挑事时，就站在门外骂人。

有次后娘骂了"小恶霸"亲娘，"小恶霸"血上了头，提一只暖壶冲出去，什么都看不清，先绊了自己一大跟头，热水把脸又烫上一块疤，白癜风一般难看。后娘受了惊吓，医院躺了3天，"小恶霸"被老爹打了几记耳光，还要跪着跟后娘道歉。"小恶霸"跪下去，朝老爹脚跟处磕了三记响头，爬起身就跑。在马路上像个瞎子一样横冲直撞了一会儿，他就哭了。

无路可走了。他摸到道路栏杆，靠着垃圾桶蹲下来，忽然就想起了一串电话号码。很快，"大块头"的盲人推拿店就来了一位身高超过了老板的技师，这人就是"小霸王"。后来他结了婚……

11

毛小岛是2010年深秋出来的。那天他只穿了一件短袖，风吹得他浑身颤抖，他用一只胳膊搂住自己，不住地吸着指头上的香烟，就像从烟雾中走出来的长臂猿。

烟是他自己攒的。解除严管后，他回到劳务监区就变成了改造积极分子，负责打扫警官办公室，特别喜欢翻垃圾桶，将找出的烟蒂揣衣袖里，如果烟蒂没湿，就拆出烟丝来，攒好，几天就能拼成一根烟。

他总担心吃不饱、营养跟不上，不长个儿，攒的烟全换成了方便面和火腿肠，都没想到要换两套出狱时穿的便装。

门外站了很多接人的亲属，路口停了一排车，一同出狱的人在车门边换新衣新鞋，然后再将旧衣旧鞋丢垃圾桶里。等人群散了，毛小岛从垃圾桶里翻出一身运动套装、一双没有鞋带的球鞋，穿好了，却不知往哪去。

返乡路费警官是给足了的，但2年牢狱光景，养母都不来看他一眼，出狱了也不来接，他伤心伤透了。

游荡了一上午，还决定回去望一眼。到了下午4点多，他才摸准家门——这两年镇上搞建设，他家所在的小村庄早已翻天覆地,他东绕西绕,迷路了。

他站在一条水泥路上,周围都是精巧的小洋楼,太阳能路灯上拉着一条横幅,"建设美丽乡村"。一个黄毛老太太正洗菜,瞪着眼睛,警惕地打量着他。

毛小岛认识她,陈老太的精神不太好,常年吃药,但样子没大变。

"你,小岛啊?"陈老太认出人了,一下子嚓开嗓门,菜也不洗了,一双湿漉漉的手钳住毛小岛的手腕。旁边小洋楼里的人也出来几个,有几个生面孔,可能是以前街面上的孩子长大了,可能是新嫁进村的谁家媳妇。

"老娘走了,你晓得吧?"

毛小岛以为陈老太说疯话,甩了她,往两栋楼房的夹道里走。那儿是条被野草掩没的土路,百米后的尽头是3间连在一起的平房,屋顶的瓦片被野草撑开。毛小岛眼睛一酸,在草丛里使劲往前迈了几步。

他觉察出不对劲儿了,跑到门口,见院门上挂着一把生了锈的自行车锁,眼泪就簌簌地下来了。这把锁是养母那辆被偷的自行车上留下的,养母之前每天骑10千米路去鞋厂上班，就有一天忘了带锁，车就被偷了。那以后，这把锁就用来"上"院门。现在锁锈成这样，他慌透了。

一脚踹开了门，除了满桌子浮灰，屋里摆设齐整，床上的被子换了红色新被罩，床上放了信和存折。信拆开了看，别人代写的，养母不识字，只会写自己的名字。字不多，只说病拖太久，留了两万四在存折上，让他回家后取出来，先还东村王婆婆3000块的治丧费，2000块给张木匠，是打棺材的钱，其余自用——也没说是什么病。

毛小岛知道养母压根儿就没去过医院。别人不一定相信，但他这个不孝子倒一下就领悟到了——养母是那种较劲的人，肯定是气他不争气，倒不如死了给他看。

毛小岛万念俱灰，家是待不下去了。他跟着在少管所里面相识的兄弟去拜山头，结果山头没拜成，兄弟倒背后插他一刀，把养母留的那点儿钱骗走了。那段日子他每天夜里去十几个老小区里乱窜，翻电动车龙头下面的钥匙盒……一来二去，最终事发，毛小岛被捕了。等再出狱，毛小岛已经成年了。

郑明再看眼前这位邂逅的熟人，气已消退大半。他清楚，两人从前那段千丝万缕的联结，早被时间撕扯成另外一番样子，生气的资格也被这股巨大的疏离感瞬间剥夺了。他在多年的工作中早已熟知各类少年犯的堕落轨迹，无外乎几种版本，复制好了似的，在欲望的罅隙中批量生产。

郑明喝酒犯了痛风，索性以此为借口躺床上休养，球场再不去了。

12

郑明久不来店里，"小恶霸"坐不住了，请了一天假，让老婆领着他，两人去敲郑明的门，亲手送婚柬。"小恶霸"两口子怎么叩门都没人开。还是"小恶霸"的鼻头灵，嗅到门口的垃圾袋里有饭馊味，说人肯定几天不着家了。老婆怪他不事先打电话约好，他也委屈巴巴的。

两人正要离开,对门邻居被吵开了门,探颗脑袋,查问两人:"你们什么人?老郑喝酒喝出老毛病了,住院呢。"

两人又着急忙慌往医院赶。

郑明病得严重,还是急性胰腺炎,发病当晚不过只喝了二两白酒,忽然就腹中烧痛,跪在地板上起不来身,爬到床头摸手机,胡按了一下,竟打通了最不想打通的号码。

什么也来不及多说,竭力张开嘴皮,报了个地址,自己就疼晕了过去。

毛小岛有辆电动车,他二次出狱后想干点儿正经事,外卖平台补贴了1200元,买了这辆车。有次大雨里送东西,他被一辆豪车撞翻,手臂在地上擦破一大块皮,血哗哗直淌。车里的人不肯下来,他去敲车窗,两个小区保安竟对他使绊子,用膝盖压他身上。他乱蹬着,用全身的力气叫着,受刺激了。他联系了几个牢友,车主没找到,只将两个保安打得头破血流。这笔人情账不可不还,偶尔帮人家带几趟"小货"(冰毒),被抓了一次,又蹲了半年,自己也染了这口。从少管所到监狱，又到看守所再到戒毒所，20多岁，毛小岛活得人不人鬼不鬼。

在戒毒所装了几个月的乖，拿够了出来的分数，他又耗不住了，接到郑明的电话前，他正和一个毒友联络，叫毒友给他发点儿东西——谁知道矫治专用手机响了，他骑车往那儿赶，半路没电了，下来推，忽然就扇了自己两个巴掌，怎么没想到打120呀！

"小恶霸"两口子到了医院，找准病房，推门进去，却没在床上见到人。邻床说去天台了，一瘦子领上去的。两人又去找，媳妇先看见轮椅，告诉"小恶霸"人坐在轮椅上抽烟呢，旁边站个瘦子。

"小恶霸"以为是护工，气鼓鼓地过去，直接开骂了："你昏头啦！怎么做事儿的？带病人来这儿抽烟？"

氛围僵了一下。郑明问他怎么晓得来这边的，未等他应声，就引着他的手，让他摸对面的人，看能不能摸出样子来。

"小恶霸"预感到了，肯定是"里面的朋友"，但不确定是谁，一只手小心探出去，先摸到了泪，热滚滚的，又摸到了额头上那道疤，溜光平滑。他的手触电似的弹了回来,肉嘟嘟的嘴唇抖动着,墨镜后面淌出泪,双手卡住对面人的肩膀,吼着:"屎猴子,你是屎猴子?"

对面人憋了劲儿地哭,歇下一会儿,讲:"我都听管教讲了,你很好的,现在很好了。"又歇了一会儿,再讲:"我差劲的……比不过你了。"

再往后,就是沉默了。

郑明康复后,组织社区戒毒人员打了一场比赛,毛小岛体力不行,早早下场。"小恶霸"也来了,两人在旁边玩球,互相考查曾在少年犯队时背的编码,较量着彼此的记性。"小恶霸"将球乱扔了一下,还误投进了赛场的篮筐。

篮球到底带给这群人什么?郑明不得而知。他们似乎什么也没改变,每个人依旧深陷在各自命运的旋涡里。但当他们集聚赛场那一刻,那些拼搏和嘶吼,欢笑与泪水,跌倒后站起,竭力守护阵地时挥舞的胳膊……又似乎都在填补人生中的悔恨、失利和缺憾。

郑明笃信,一个人要好起来,就是在这种荣耀的时刻。

　　毛小岛和"小恶霸",或许他们的人生路径早已污迹斑驳,也从未战胜过什么,但在郑明眼中,他俩从某种程度上,至少算是赢了自己。

8

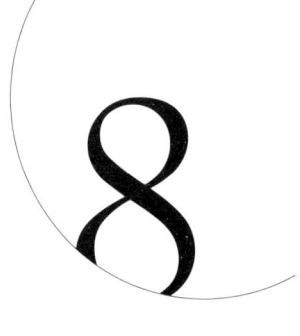

救一个学生,女教师成了毒鬼

曾芳43岁,在女监干了十几年的带班狱警。曾芳是通过我以前的管教联系上我的,说想聊一聊自己过去工作中"最了不起"的一桩往事。那一年,她将一对涉毒的"母女"从毒坑里拉了出来。

1

曾芳是海门人,1977年生人,年轻时娇小俊俏。她是家中长女,下面还有两个弟弟。曾芳读完小学五年级,干泥瓦匠的老爹伤了腰,劝她让一让弟弟们,中学就不要继续读了,帮衬一下家里。

曾芳成绩好,从小就"懂得顾自己",她往老爹脚跟前一跪,不吭气,只顾着掉眼泪。她告诉我,自己6岁时老娘得了绝症,临终前拉紧她的手,贴着耳根对她讲:"你是女孩儿,要精明些,不要吃亏。"

老爹果然被曾芳哭软了心肠,就把3个孩子叫到跟前抓阄,谁抓中了阄,谁便退学。曾芳幸运地抓了张白纸;而二弟抓中了阄,他十分高兴,正合他意。

20世纪90年代,曾芳成了全乡第一个女大学生。90年代末,满是生机的南方又给了她披上警服的机会。

"当时和现在不一样,现在都是考公务员,我那时候就是去人才市场应聘,那是1999年,监狱管理局第一次在人才市场招人,看我毕业的学校不错,文章写得好,就被录用了,这身警服穿得格外轻巧。"

曾芳在监狱管理局干了4年,经常去各个监狱里跑通讯,偶尔帮领导写发言稿,后来因为"30周岁以下的民警下基层轮岗"的政策,调去了女子监狱,在服装监区干带班民警。

按规定,新警到岗要"数人头",就是熟悉犯人的名字、案由、刑期。如果是涉毒犯人,还要开展一次抄查随身物品的活动。

那是2003年9月,到岗不到3天的曾芳就吃了个"哑巴亏"。

那时候，监狱里改造表现稳定的犯人可以在狱内购物，不过有金额限制。收音机属于购物清单里比较贵重的物品，一旦坏了，犯人就会给管教打报告。

当时，一位名叫万欣的涉毒犯将一个坏掉的收音机交给值班民警，希望在会见时交给家属带出去修理。值班民警将收音机带进办公室，还没来得及交代交接班民警仔细检查，就被新人曾芳看到了。

见收音机上贴着"交由家属维修"的字样，曾芳以为已经查过了，于是直接把东西带去了会见室，然而在复检时查出了问题——收音机的电池盒里夹了一张纸条，上面写着："弄点东西放电池盒里。"——"东西"当然指毒品。

在监区工作点评会上，曾芳挨完教导员的批评，便去找这个叫万欣的犯人。

万欣以前是平坝小学的在职教师，因非法持有毒品入狱，刑期只有1年9个月。她被抓时刚注射了海洛因，便在戒毒所关了4个月，入狱还不到两周。

万欣比曾芳只大3岁，头顶心冒出来一小圈白色发根，看相却比实际年龄老了十几岁。曾芳让万欣蹲在警务台旁边,盯着她看了足足5分钟,"但如果贴近了看,这个犯人的五官其实是非常精致的,以前是个漂亮的人。"

一般人很难保持5分钟的标准蹲姿,万欣也吃不消,她的双腿开始打战。

曾芳挑最难听的话又骂了万欣5分钟。万欣的双腿完全撑不住了,身体一歪,整个人倒在地上,扶着墙也难站起来。

"现在我告诉你处罚结果,第一,取消今年所有的加餐,你给我这几个月都吃素,清心寡欲一下;第二,劳动量翻倍;第三,今年会见次数清零,不管你家里人有什么急事,不管什么人来,你都不能去见。"

万欣不吭声,咬红了嘴皮子。曾芳瞪了她一眼,鼓着腮,转身离开了。

2

服装监区的会见日到了,曾芳将参加会见的犯人集合在大厅,还专门将万欣拎到前头,对大伙儿宣布:"涉毒犯万欣,严重违规违纪,今天她家属来会见,但是我取消了她的会见待遇。你们也要引以为戒,不要家人辛辛苦苦地跑来看你们,却因为你们在改造方面不争气,见不到你们。"

出发前,曾芳还让万欣念完了一份800字的检讨,曾芳这新官上任的三把火也算烧了个十足。

等带着犯人们进了会见室,曾芳立刻被乌压压的亲属围住,他们拎着大包小包,都在哀求她递给铁门里的人。正在曾芳透不过气的时候,一个年轻女孩儿吊住了她的胳膊,"警官,求求您了,让我见见我老师吧。"

曾芳也没空瞅人,一边接家属们手上的东西,一边问:"你老师是谁?"

"万欣。"

曾芳这才瞅了女孩儿一眼,是个十五六岁的姑娘,尖尖瘦瘦的脸,穿着朴素,胳膊下面夹着一床棉被。

"你呀,今年就别来了,她违规违纪了,人不当,要继续当大烟鬼,所以也就没了见人的待遇。"

女孩儿问老师犯了什么错误，曾芳反问道："你是真不晓得吗？她妄图传递私信，让你们这些关心她惦记她的人给她捎毒品。她这是害人害己！"

女孩儿赶紧解释说自己不知道，也不可能帮她这样做，"警官您相信我"。

"回去吧，这里有这里的规矩，我还忙着呢。"

女孩儿不敢再纠缠了，只问曾芳能不能帮她把这床被子捎给万欣，毕竟冬天快来了。曾芳毫不犹豫地拒绝，说涉毒犯的任何物品，现在都没工夫儿检查。

女孩儿只好夹紧被子离开，曾芳瞅了一下她的背影，瞅得心惊——这女孩儿一瘸一拐的，是个跛子。曾芳忽然心软了一下，她喊住女孩儿，问她和万欣到底是什么关系。

女孩儿似乎有很多话想讲，但无奈曾芳手头事太多，就请她先等一下——为了日后管教这种"顽危犯"，曾芳于是也想了解一些万欣的狱外经历。

当天12点半，曾芳进食堂端了一盘饭吃了几口，才想到自己约了女孩儿。她急匆匆寻去，看到女孩儿坐在狱门外的一处凉亭内，孤零零的。

曾芳喊女孩儿吃饭,女孩儿说食堂人多,怕待会儿讲万老师的事儿自己会掉眼泪,要出洋相。

"万老师搭救了我,是我不争气,是我害了万老师……"

女孩儿说自己叫小萍,7岁那年进入平坝小学读一年级,第二学期已经开学了,可她却没去学校报到。

开学当天,小萍在家里打扫卫生,她站在一张靠背椅上,踮着脚揩老娘的遗照。一张16寸的黑白照片用铝合金做了边框,挂在堂屋正中,上面蒙了一层蛛网。

老娘是两年前死的,当时小萍5岁,平坝镇的人都晓得她老娘"抽大烟",警察在一辆卧铺大巴上抓到她时,她肚子里还囤了3斤"大烟"。镇上有些闲嘴妇人拿小萍开玩笑,说她生下来也才3斤多,这些大烟抵得上一胎的轻重了。

有的大孩子说谎话,说小萍老娘要在平坝山里枪毙,要领她去听枪声。之后,大孩子们将小萍丢进了山里,在密密麻麻的树林里放鞭炮,吓得小萍嗷嗷大哭。

老娘的遗像是小萍老爹挂上去的,他也是个"大烟鬼"。开学这天,小萍刚挨了大烟鬼的打——大烟鬼半夜剪了几十斤电缆回来，喊小萍起床剥电缆皮，第二天将铜丝卖给废品收购站。小萍剥皮剥累了，坐着睡到天亮，大烟鬼便打了她两巴掌，学也不要她去上了，说报名费就在这堆铜丝里，什么时候剥出来，什么时候去上学。

铜丝一直剥到傍晚，报名时间早过了，小萍的指甲缝里火辣辣地疼。她索性停下，开始打扫屋里的卫生，这间70平的水泥平房已经很久没打扫了，到处乱糟糟的。

这时，一个瘦长的人影探进屋里，小萍扭头一看，是班主任万老师。万老师很漂亮，是小女孩儿都渴望变成的那种样子，课余时间她是温柔的，慢声细语，课堂上又是另一张严肃的面孔，做错事的学生，她还要用三角尺敲他们的手掌心。

"小萍，你怎么没去报到？"

"万老师，我爹拿不出报名费，我要把这些铜丝卖了，才能去报名。"小萍指了指门后头剥好的一堆铜丝。

其实，万老师早前帮小萍打过免学杂费的申请，教务办公室也通过了，但喊小萍的老爹来签字时，他却在办公室破口大骂："老子现在是困难户了？老子一天挣几千块的时候，你们他妈的破老师还挣不到老子的烟钱。"这一搅局，小萍的申请就搁置了。

这时候，屋里传来老爹的声音："小萍，快，我衣裳都掉在粪坑里了，快，帮爹捞一捞。"

"小萍，帮爹扶稳梯子，瓦缝里都是金豆子，快来！"

小萍一听就知道老爹刚"过了嘴瘾"，来幻觉了。万老师往里屋瞥了一眼，小萍立刻冲进里屋，原来老爹赤身裸体地躺在床上，床边还摆着一只饮料瓶，里面撒满了尿。小萍赶紧帮老爹盖上被子，又将饮料瓶拎到床后头，竭力掩藏这屋里的污秽。

万老师走了进去，只见床上躺着一个瘦得不能再瘦的男子，他一脚踢开被子，眯着眼开始骂眼前的女人。万老师也不怵，瞪着眼走到床头柜那儿，将一只玻璃烟灰缸拎起来丢在男人的肚子上，男人叫了一声，侧过身，哭嚷着："有人杀我，有人要杀我了。"

原来，烟灰缸压住小萍的语文课本了，万老师拿起课本，抖掉上面的烟灰，牵着小萍出了门。

3

万老师觉得小萍留在这个大烟鬼身边,早晚要出事。她有个堂姐在当地的居委会工作,她就去找堂姐,让她以居委会的名义出委托书,帮小萍找个律师,拿掉她老爹的监护权。

堂姐也知道小萍的情况,但她很为难,只问了万老师一句话:"你愿不愿意给小萍当监护人?"

万老师打了退堂鼓——万老师的老爹是体育老师,1995年,老爹每月工资不到150元;老娘卖早点,一个月才挣几十块。万老师中专毕业刚走上工作岗位,还没钱报老爹老娘的恩,忽然要养一个孩子,经济上吃不消。况且,她也不是老爹老娘亲生的,很多年前,老爹在公园晨练时捡到了她,老两口把她拉扯大又供她读书,已经很不容易了。

万老师的退堂鼓没打两天,小萍便出事了。她火急火燎地跑去医院,见到了极其痛心的一幕,小萍躺在急救床上,满嘴都是水泡,脸颊红肿,看见老师,话也说不出来,只顾着淌眼泪。

原来大烟鬼让小萍晚上去带货，小萍为了躲一条恶狗绕了路，晚了几分钟，接头的人已经不见了，她空手回到家，大烟鬼脾气上来，拎起小萍，给她灌了一茶缸开水。

事后，大烟鬼心虚，又没钱付医药费，打了万老师的电话，人却躲着不露面。万老师直接报警，警察抓到大烟鬼时，小萍还不能讲话，做不了口供，只能先放人。

万老师怕大烟鬼再次伤害小萍，便将小萍接到自己家住两天。不承想，一个7岁的小女孩儿刚进屋子，就够着手去洗水池里积着的几只碗，万老师的爹娘看见这种情形，都偷偷地抹眼泪。万老师赶紧夺下小萍手上的抹布，告诉她这不是小孩子要干的事儿。

当晚，万老师便和爹娘交了底，准备帮小萍打监护权的官司，还要接手照顾小萍。爹娘同意了，让她放宽心，说将来嫁人时，小萍就由他们来照顾。

万老师问了小萍的意见，那天晚上，小萍是点了头的，但也不晓得大烟鬼抓住了哪里的空隙，竟然暗里哄好了小萍——小萍做口供时撒了谎，说自己是不小心喝了烫水，和自己老爹没关系。

万老师又气又心疼，她已经尽力了，但是无能解救，况且身旁也有了风言风语。不少人觉得她做法过激，破坏人家的血亲关系。

总之，万老师又打了一次退堂鼓。

另一边，小萍那边的情况越变越糟糕。大烟鬼为了阻止小萍和万老师接触，竟闯进教室将小萍的课本全部抱走，并且不让小萍再去学校。

小萍是喜欢读书的，她的成绩虽不冒尖，但也总在前十五名之内，而且语文成绩很好，作文写得尤其出色。被迫待在家里的日子，小萍就在门口晨读，有天大烟鬼喊她递一杯水，她读忘了神，最后大烟鬼冲出来将她手上的书撕掉了，还把其余的书装进蛇皮袋里，推着自行车出了门。

小萍追着自行车跑，哭着求大烟鬼将书留给她，可大烟鬼没理，一溜烟就骑进了平坝山。这山内有很多荒墓，一些孤寡老人去世，帮丧的人就会将老人的遗物丢弃在山中。平时，大烟鬼常和县里的几位毒友聚在山里"过嘴瘾"，小萍的书被他顺手丢进了那些死人的物品堆里。

小萍壮了胆去山里捡书,有次不巧,撞见几个毒鬼在那儿烧纸。小萍发现他们烧的是自己的书,大喊一声,谁知道几个毒鬼正在"嗨点"上,他们捉小萍,小萍逃跑时从一处陡峭的地方摔下,右脚半个脚背被石块压住了。压了两天一夜后,她才被割草的人发现,送进医院,半个右脚背也截掉了。

一年后,万老师才知道小萍的情况,那当口儿她已经谈了对象,是部队复员回来的尉官,也是她老爹的学生。

对象相中了万老师,什么事儿都是千依百顺的。对象又是部队出来的人,一身正气,听了这事儿自然不用万老师做工作,立刻就要搭救小萍。见小萍走路时屁股高一边低一边,万老师的对象气炸了,他是个犟脾气,决心要拿到小萍的监护权。

他暗里去蹲大烟鬼买毒吸毒的线索,想让大烟鬼蹲大牢。得亏有战友帮衬,很快便抓到了大烟鬼"以贩养吸"的现行。警察逮捕大烟鬼,最后法院判了他13年有期徒刑。

除了老爹，小萍再也没有其他亲属，万老师便托居委会帮忙，拿到了小萍的监护权。这当口儿，万老师的对象忽然犹豫了，万老师有些不高兴，但爹妈劝她也要为男方考虑一下，说"平白无故多个残疾养女，他心里别扭是正常的"。

之后，万老师的爹妈又喂了准女婿一颗"宽心丸"，说等小两口婚后有了小孩儿，小萍就由他们带。

了解了小萍的往事，曾芳的肝肠都绞痛了，她想："天底下怎么会有这样苦命的出身。"但细致一想，又转变了态度，"也不好全信女孩儿的话，毕竟她是万欣'捎东西'的人选，跟涉毒犯沾边的任何人和物，她都得保持警惕。

曾芳问："你这个万老师这么好，怎么自己也沾了毒？怎么只有你个学生来看她，她老公呢？她爹娘呢？她三十几岁的人，小孩儿也该不小了，她小孩儿呢？"

小萍哑了声，忽然将棉被撂在了曾芳的脚边，走了，"她是左脚以极快的速度往前踏一步，右脚跟着挪动一下，屁股一边高一边低，身体一晃一晃的。"

曾芳看着小萍的背影，恍惚之间产生了一种复杂的直觉——这个小萍不简单。

4

万欣收到棉被的当夜,就将它哭潮了一大块。夜岗犯人听得心烦,跑到警官办公室"点"了万欣,讲号房内有犯人的思想情绪出了问题,有自杀倾向。

当晚值班的正是曾芳,她睡得正香的时刻被吵醒,窝着火去寻万欣。等到了号房门口,发现钥匙忘带了,于是铁门也懒得开,只是一通乱捶,对里面喊:"你自己不要睡,是不是也不让其他人睡?你们吸毒的人是不是都这么自私啊?我就不该帮你带这条被子进来。再哭,你就给我出来站岗。"

万欣讲:"报告警官,我情愿站岗。"

曾芳的脾气上来了,她气得把手指头戳进铁门里,朝万欣吼:"好,你给我站通宵岗,你先蹲到门口来,我这就去拿钥匙,把你这尊菩萨请出来。"

忙完这桩糟心事,曾芳一觉睡到天亮,早上开监时,发现万欣还站着,她提着钥匙走过去,心里嘀咕一句:"真是头犟驴,就不知道坐下来打个盹"。

早饭过后,曾芳带队出工,8点半交接班后,她就能回备勤楼睡回笼觉了。可到了点,事情并不如她的意,车间忽然一阵骚动,小岗慌慌张张地跑到警务台:"报告警官,有个犯人被纽扣机打了手。"

曾芳紧张地问是谁,小岗讲:"万欣。"

曾芳喊了狱医,三步并两步地跑过去,只见机修工也慌了,一边大喊"担架",一边帮着取出万欣的那只血糊糊的手掌。那只手掌被纽扣机冲压之后,变成了一团烂肉,血糊在了一块铁板上。

曾芳喊来6个犯人抬着万欣往医院赶,她在前头跑了几步,心里忽然咯噔一下,"该不会是昨晚罚了她的通宵岗,她才在白天的劳动岗位上恍了神吧。"

高墙里的医院只能做小手术,万欣的掌骨和肌腱都断了,狱政科立刻给她批了狱外就医的手续。

曾芳下班后在备勤楼也待不住,一边想着要不要去医院送个饭,一边又劝自己保持警囚距离。她仿佛是自我安慰,告诉自己昨晚的处罚是不存在任何问题的，用不着内疚。可挨着床沿，她躺也不是坐也不是，最后脚不像自己长的了，没一会儿工夫儿，已经下楼拦到了车。

下午两点，万欣才从手术室里出来。医生告诉曾芳，病人手掌保住了，问题不算严重，以后端碗拿筷子的力气还是有的，但力气重的活儿怕有影响。

万欣在医院待够一天的观察期，便要立刻送回监狱的医院。曾芳站在病床旁，看见同事板着一张面孔正给万欣的脚踝上铐子，这是一个实习狱警，或许也是在交接班时被这桩意外打了岔，不得不加了一上午的班。

"不要强制措施了。"曾芳喊了一声，音量有些大。

"曾队长，省局才要求过的，犯人狱外就医必须有强制措施，她伤的是手，脚还是能动的。出了问题，我交代不了。"实习狱警将铐子合上，坐到一旁的陪护床，修着指甲。

病房门口倚着几个患者家属，远远地站着，嘴碎的人问实习狱警："警官，这个女人不是杀人犯吧。"

实习狱警故意拖长了音调："是个大烟鬼，不用紧张,明天就走了。"

不知怎么了,曾芳忍不了了,突然大吼一声:"闭嘴吧你们!病人要休息。"吼完便把房门摔上,实习狱警吓得一抖。

这天夜里,万欣饿了,曾芳给她买了一份回锅肉。监狱伙房常年都是水煮大锅菜,万欣很久没吃过炒菜了,馋外头的油水。这顿饭后,两人的关系竟缓和了。

曾芳问:"你昨晚哭什么呢?我都没来得及问。"

万欣吁一口气,讲:"我盖着小萍的被子,想起这孩子也是被我拖累了,又想到自己的多多也是被我拖累的。两个孩子,我一个都没顾得来,我还惦记着让小萍给我搞东西……我恨自己,恨不过来了,就只能哭了。"

"多多是你小孩儿?男孩儿还是女孩儿?怎么就被你拖累了?"

万欣的眼眶红了,泪珠打转:"男孩儿,被我弄丢了。"

5

1995年10月27日,万欣和对象结婚了。

婚礼当天,小萍也穿了漂亮的裙子,她想帮万老师牵婚纱,但大人们觉得她的脚不方便,跟不上趟,就没让。平常一直很乖的小萍气哭了,万欣就让司仪抱着小萍抛捧花,她这才开心起来。

婚后一年,万欣生了一个7斤8两重的胖儿子,取名"多多"。这孩子长得好,谁看见了都要争着抱一抱。

多多出生后,万欣感到前所未有的幸福。彼时,丈夫复员后的工作有了着落,给税务局一个处级领导开车,虽然只是合同工,但一家人的日子也过得舒坦。

按照婚前的约定,小萍一直由万欣的爹妈带,万欣顾着多多,回娘家看小萍的次数便少了。其间,小萍离家出走过一两次,但很快又被大人哄回来了。

在万欣眼里,这些吵吵闹闹的小插曲不过是平静生活的增色元素。但到了1997年5月,万欣平静的日子被一桩意外事件打破了。

那天雷暴雨,放学的点,万欣的丈夫正好开车路过学校，他本来要去酒楼等处长的，但时间尚早，便想先将万欣和小萍送回家。万欣要开会，就让丈夫送小萍去自己爹妈那儿，可小萍却吵着要去她家看多多。万欣不肯，怕耽误小萍的家庭作业。

丈夫按照万欣的交代办了，转头再去酒楼，处长已经喝得烂醉，路上他一直喊："屁股烫，屁股烫"。原以为是酒话，等架着处长下车时才发现不对劲儿——处长的屁股胶在皮座上了。

原来是小萍闹脾气使坏，她将刚领到的实验课用品，一整瓶强力胶水悄悄倒在后排座椅上。送人接人中间不过3分钟，没干的胶水全粘在处长的屁股上了。

最后，处长的屁股褪了一层皮。他是个信官运、信风水的人，觉得"扒皮蜕皮"兆头不好，立刻将这个晦气的老兵驾驶员开了。

当年，复员的老兵间流传一句顺口溜："少尉中尉上尉，无所谓；少校中校上校，全无效。"万欣的丈夫是尉官，能到地方上端一个"铁饭碗"已经很好了，他平常工作谨小慎微，却不料飞来这样的横祸。

万欣第一次对小萍发了脾气，拎着她背上的书包，左右晃，晃得很猛。小萍也不哭，等万欣发完火，她双膝一软，竟跪了下来，磕了几个响头。想到她还只是个孩子，万欣的心肠立刻软了。

丈夫生了一阵子闷气，公婆那边却始终交代不过去，他们认定万欣带着这样一个跛脚且心眼坏的野孩子，将来必定吃苦头。

在长辈们的唠叨下，丈夫对小萍的态度也发生了转变，一家人都不许万欣再将多余的心思用在小萍那儿了。

事情真正变糟，是从小萍的老爹，大烟鬼出狱开始的。

他原本要蹲13年牢，却在服刑期间得了肝腹水，走保外就医的手续提前出狱了。出狱头一天，他便在放学路上守小萍。

那段日子，万欣受公婆的影响，疏远了小萍，不承想小萍无人管教，竟给大烟鬼带毒品，还从万欣爹妈那儿偷钱买毒。几趟之后，小萍被警察抓了现行，监护人万欣赶到警局领人时，当众给了小萍一耳光。

大烟鬼当时被铐在警察办公桌的桌腿上，见万欣打小萍，吼了起来："臭婊子，敢打我女儿，我早晚收拾你。"

万欣气不打一处来，冲上去踹了大烟鬼一脚，警察拉开万欣，接着教训她："你也好不到哪儿去，小孩的监护权落到你手上不是一天两天了，你监护什么了？看看犯罪记录，'烂东西'出狱第一天，小孩就帮他买了1.2克的东西。"

大烟鬼对着小萍一阵狂笑，让小萍别怕。

警察在他头顶来了一巴掌，将他打哑了声。

万欣处理完所有事，领着小萍出警局，警察特意嘱咐她："我们走程序，烂东西顶多在看守所待几个月，判了，监狱那边还是会放他。你看紧了这孩子。"

路上，万欣呆呆地想了一会儿，之后牵着小萍回了自己家。听说小萍要在自家待一阵子，丈夫的面孔板得铁青，万欣想跟他解释一下，丈夫却不给她讲话的机会，摔上了房门。

傍晚，丈夫要出去，临走前撂话："爸妈那边我暂时不说，但这边我也住不下去，糟心。你什么时候把她的事情搞妥，我什么时候回来住。"

万欣也生气,觉得小萍的监护权能落在自己这儿,最初是丈夫的头功,如今事情没解决彻底,他却半路撂挑子了。她越想越觉得丢了工作的丈夫不像个男人,索性随他去。

之后的三个多月,租住在万欣家楼上的公婆便在白天照顾多多,等万欣傍晚下班,再独自顾着屋里的两个孩子。小萍乖巧了很多,也知道帮着多多换尿片。

1997年9月14日,是噩梦一般的日子。

那天,万欣下班后临时接到通知去单位开会,她哄完多多,盯了一会儿小萍的作业就出门了。出门前,她特意嘱咐小萍不要给陌生人开门,她开完会就带炸鸡腿回来。

开会时万欣一直心神不定,总放心不下屋里的两个孩子,其实学校和家的距离不过3千米,"平时根本没过这种感觉,那天的直觉却很准"。

一散会,万欣便心慌慌地往家赶,"我家在3楼,我爬到2楼时,心口就像被什么东西吊住了,人是踮着脚尖上3楼的。我看到门口有烟头,还没看清屋里发生了什么,就不受控制地哭喊起来。直觉已经告诉我孩子丢了,门开了一条缝,多多的鞋子掉了一只在门垫上。"

万欣瘫软下来,脑子像短路的灯泡,一下就黑了、煳了。她喊了几声小萍,屋里没人应,秋风从窗户外面漫进来。万欣被风吹醒,抓起电话报警时,语无伦次地大喊:"大烟鬼抱走了多多,大烟鬼抢走了多多……"

立案后,警察的查证结果却否掉了万欣的猜测,案发的时间点,大烟鬼有不在场的证据。而小萍的口供讲自己开窗户看楼下卖气球的人,结果一阵风吹落了万欣的内衣内裤,她下楼去捡,忘记关门,回来时多多已经不见了,她害怕,出门找了一夜,最后警察在天桥洞里寻到她。

婚后,丈夫头一次打了万欣。一个铁巴掌扇过去,万欣的嘴皮子裂了,血淌个不停。婆婆躺在一旁的地板上哭喊打滚,公公不停地骂人,万欣母亲觉得对不住亲家,要磕头赔罪,万欣父亲拖着老婆,不时帮女儿讲几句:"多多是万欣身上的肉,你们这样不饶她,你们太过分了,你们谁要再动万欣一下,我打碎你们的牙。"

家庭风暴持续了几天,小萍离家出走了,可这次谁也没有心力去寻她、哄她回来。

万欣偶然收到了一张纸条,上面留有一个地址,让她去那儿找儿子,"只能一个人来,不然线索自动消失"。万欣立即把这个消息告诉丈夫,一家人商量后决定还是要报警,万欣先进去,丈夫就带着警察在外面等。

那是一处废弃的厂房,一个巨大的水泥洗槽里丢满了垃圾,洗槽旁摆着一张竹丝床,一个很瘦,但肚子鼓胀得锃亮的男子躺在上面。几瓶葡萄糖液挂在床边,床脚还丢着几支注射针筒。

这人是大烟鬼,已经奄奄一息,他看见万欣邪笑了一下,有气无力地喊:"你家万老师来了。"

洗槽旁的阴影里蹲着一个小女孩儿,垂着头,一瘸一拐地走出来。万欣大喊一声:小萍!

小萍不敢吭声,她的手上紧紧抓着一支针筒。

大烟鬼挣扎着撑起了半边身体:"万老师,你帮我照顾小萍这么久,我没法感谢你,我现在要挂了,请你嗨一嗨。"

万欣哀求:"你把多多还我,小萍的事儿我不管了。我跟你道歉,给你磕头。"

"不慌的,多多的线索一会儿告诉你。你让小萍给你注射,她手轻,针扎得熟练。你今天不尝尝这口滋味,不把我当自己人,多多的事儿我就不提了。"

万欣盯着小萍,泪水挂了下来,吼着:"你为什么要跟警察撒谎?明明是你爹抱走了多多,你为什么不跟警察讲实话。"

小萍依旧不吭声。

此时,丢了儿子的万欣已然失去理智,她太想早点知道多多的下落了,于是逼近小萍夺下针筒,"好,我自己来。"

6

了解完万欣染毒的原因,曾芳就猜到这一切只是大烟鬼临死前的报复罢了。

那天,等万欣的丈夫带着警察赶进废弃工厂时,大烟鬼已经咽气，没有留下任何有关多多下落的线索。警察只好审问小萍，她这回的口供是，老爹其实早就蹲守在楼道里好些天了，万老师一不在，老爹就喊她下楼吃炸鸡腿，她吃了好几天，一直瞒着万老师。事发当天，她并不知道屋里具体发生了什么。

警察认定口供合理，事件的结局便被拖入了最坏的境地。多多不知死活，万欣染毒，小萍无人监护、独自出门流浪。一年后，丈夫和万欣离婚，重组了新家庭。

丢失多多的这些年，万欣戒毒、吸毒，反反复复，好像掉进了大烟鬼设好的"毒咒"里。万欣的爹妈因过度操劳在几年内相继离世了。

一年前，曾芳也成了母亲，作为女人，作为母亲，她十分同情万欣的遭遇。她明白，恶事的旋涡里，万欣是最没得选的那个人。想起那天小萍离去的背影，还有自己当时那种复杂的直觉，曾芳对小萍有了一种无奈的恨意。

作为一名监狱民警，曾芳既不能帮万欣找回多多，也不能保证她戒毒成功。唯一能做的就是等万欣伤愈，为她调整岗位。"因为万欣当过教师，就让她给监区的文盲犯扫盲，体力活不用再干了"。

万欣有书法特长，监区的黑板报由她经手，常常获奖。中秋节期间，女监举办广场舞比赛，曾芳想为监区争取点名次，因为获奖单位能在伙房加餐。

万欣帮着出主意，忽然想到了好点子。第二天一早，曾芳按万欣的要求带进来18根大毛笔和18瓶2升雪碧。万欣用一个上午的时间将这堆东西做成了十八根大水笔，就像公园广场上练书法的老头常备的那种书法工具，以水代墨，练后即干。

经过两周的排练，比赛当天，曾芳负责的监区出了一个节目。18名古风扮装的犯人由万欣领头跳舞，一曲舞完，监狱操场上还出现了《游子吟》的正楷字，字体个个精美。评委席的省局领导不禁鼓掌，这支舞最后得了一等奖。

领回荣誉锦旗的当晚，曾芳灵机一动，去教改科要了比赛录像。回家后，她让做文宣工作的丈夫出个摄制点子，准备以万欣的例子结合这段录像，制作一个禁毒宣传片。

2005年2月,万欣刑期将满,曾芳找她谈话:"我们相处时间一年多,你从最初一个违规违纪的顽危犯到现在成了骨干犯人,算是很大的改造成绩,我也认可了自己的改造工作。但是你出狱后,一切又是未知。话不多说,我希望你早日摆脱这个毒咒,过上正常的人生。"

谁知这段谈话过后不久,万欣人生中又一个"毒咒"来了。

小萍运毒时被抓,她体内藏了一公斤毒品,在审讯过程中她拒不交代上线,只跟警方说要见万老师一面才会配合审讯。警方联络曾芳,安排两人见面。

会见室里装了铁栏杆,两人双手抓紧栏杆,对望了半天,也不讲话,只顾着流泪水。万欣哆嗦着嘴唇,讲:"你到今天这一步,也怪我呀,一直只顾自己的烂摊子,顾不上你了……你能不能听老师一句劝,把自己做的事情交代清楚,你还小,后面路还长……"

小萍"扑通"一声跪下,喊着:"万老师,让警察枪毙我算了,是我害了你,是我害了多多……"

接下来,小萍终于说出1997年9月14日那天发生的事儿。

万欣去学校开会,刚走没多久,小萍就听见门铃响了,她从猫眼看见亲爹站在门口,身旁还站着一个卷发妇女,面相很凶。

几天前,亲爹已经跟小萍讲好要抱走多多,"这样万老师就只能疼你一个人了"。可是事到临头,小萍不想开门,亲爹就在门口讲:"小萍,爹是快死的人了。你不开门,等爹一走,万老师早晚也是不要你的。"

小萍犹豫了片刻,把门开了。

7

万欣出狱当天,小萍的案子正好开审。由于小萍犯罪时尚未成年,被捕后配合警方的调查供出了上线,最后获得轻判,服刑12年6个月。

2005年"6·26"国际禁毒日,曾芳寄送的宣传片获奖,在全省的监狱内播放。一名因拐卖儿童入狱的女犯看完宣传片后,想起了关在看守所时结识的一名"同行",对方曾向她透露自己卖过一个小男孩儿,是上门抱走的,养女开的门。

女犯供出了同行的姓名和长相,警方去当地看守所查证,发现此人早被释放。后来,警方在贵州抓到了她,她供出了多多的下落。

警方将线索交给万欣,她竟一时不敢去认,因为她出狱后又复吸了,不想以一副"大烟鬼"的样子去接触孩子。

2005年年底,万欣找到曾芳,主动要求去戒毒所。她希望自己戒毒期间,曾芳能代替自己去少管所一趟,看看小萍。

曾芳说:"你的人生确实因为小萍滑了坡……"

不等她讲完后半句,万欣便说:"我不恨小萍,恨也早就恨过了,她那时是个孩子,是个可怜的孩子,一个可怜的孩子再可恨,也绝对不是孩子的原因,我当过教师的,我懂孩子。"

曾芳不禁有些感慨:"我深信不疑,你这次是最后一次进戒毒所。"

不出曾芳所料,万欣最终被排除在90%的复吸率之外。

曾芳也常去少管所看小萍，每次都带很多书，希望她把刑期当学期。

2006的中秋节，少管所举办少年犯成年仪式教化活动，成年仪式之后，少年犯就要进监狱服刑。曾芳和万欣一道去见证了小萍的成人礼，在少管所操场上，她们三人留了一张合影。照片上，一排柳树叶子的缝隙间透出秋日的光，碎粼粼地洒向她们。

小萍送监后，曾芳成了她的管教，她改造表现相当好，通过狱内自考，还把大专文凭拿到了手。

曾芳说："有时候回头想想，老天爷好像把破解毒咒的钥匙放在了我的手心里。从我穿上警服，就注定了一切。"

9

三个年轻女犯的狱犬情缘

监狱会见室是哭声最多的地方，在女监工作多年的葛队长在这儿听过各种哭声。

在2018年的酷暑天，很不寻常的一个会见日，一只警犬获准入狱，探视它曾经的训导员。

那天的会见室里，响彻狗的哭声。

1

2018年，32岁的葛萍成了高墙里的"背奶警官"。

丈夫体谅她的工作，将生育计划拖延了4年，生下孩子后，婆婆才不再给葛萍脸色看。等她产假结束，婆婆就带着孩子来她单位的母婴室候着。岗位上一旦出现空当，她就得赶去母婴室给孩子哺乳。

全监有十几位"背奶警官"，母婴室的冰箱里摆满贴着各种标签的奶瓶……这些"背奶警官"让高墙里的氛围变得有些奇特,一方面是岗位要求,"从警则刚";另一方面是抑制不住的母爱本能。

那段时间,犯人们都期待自己的分管民警是一位"背奶警官"——哪怕她们触犯了最严苛的监规,在"背奶警官"那里,或许都有通融的余地。

按规定,女犯入监先要集训两个月,训练强度不小,高过校园里的军训。夏天进来的女犯更要多吃一些苦头。

葛萍块头儿小,但嗓门大,在服装监区当过带班管教。产假结束后,她正好赶上基层民警大轮岗,就进了集训队成了监区长,每天的工作就是喊口令。可是嗓门再大,也禁不起每天五六个小时的喊叫,声带受损后,葛萍便需要骨干犯的协助。

当过军警的、当过领导的、正步踢得好的、面相凶恶但服从性不错的,统统挑出来,通过几轮考评,又通过监区大会的评选,统共选出 8 个骨干犯当集训小组长。

其中有个女犯是没毕业的警校生,她叫王雅,才

22岁，高高瘦瘦十分干练，搞集训很出彩，便被葛萍选出来当大组长。犯人们都怕王雅，她训练太严苛，谁要分进了她的小组，站在大太阳底下要送掉半条命。但没人敢当面跟她过不去，毕竟读过警校，指不定是哪个干部的"关系户"。女犯们把"开后门"的人喊成"有条儿"，私下就喊她"王条儿"。

一个暴雨天，女犯们用不着训练，全在监区大厅里练习叠军被。葛萍坐在警务台，对讲机响了，那头是狱政科领导的声音：

"葛队，葛队。"

"请讲。"

"你们监区是不是有个叫王雅的犯人？"

这天不是会见日，领导却让葛萍带王雅去会见室。会见室距离集训队只有200米，路上葛萍就听见了狗叫。按照规定，警官与犯人行进过程中，犯人要走在警官前面。葛萍听见狗叫，停下来四处张望，这一两秒的空当，前面的王雅已经跑出去好多米。因为声带受损，葛萍想吼又吼不出声，只能追着赶着，200米的路，跑得她后背都湿透了。

警官可以随时叫停犯人的会见通话，葛萍追进去，正想给不守规矩的王雅来个下马威。可瞪眼一瞅，惊呆了。

会见大厅的水磨石地面上躺着一条德牧，俗称"大狼狗"。这只狗身披警犬马甲，四脚朝天地躺着，已经瘦得皮包骨了，黑脑袋就像一颗大煤球。它撒娇、打滚，呜呜呜地哭泣，不时又爆发出一阵悲壮的吼声，一条火红的舌头把王雅舔了一遍又一遍。

狱政科领导引着两名女特警过来："葛队，这两位是警院的犬类训导员，你们监区的王雅是她们的同学，这只狗就是她以前带过的。"

葛队长去跟两名女特警握手，交谈之中，很快弄清了事情的来龙去脉。

原来，王雅以前是驯警犬的。自打她入狱服刑后，她带过的这只狗就不吃不喝，还咬伤了新驯导员，领导把它列入了淘汰犬名单。王雅的两名同学打报告，希望在淘汰它之前，让它跟王雅见上一面。领导批准后，她们就把这只警犬领了出来。

2

入狱之前，王雅有写日记的习惯，她会用颜色区分每一天的心情，比如开心的日子用蓝笔记录，她最爱蓝色，天空、大海、警服，都是蓝色；平淡的日子就是淡黄色，这样的颜色占据了最多的页数，现在去翻已经难以分辨；悲伤的日子是红色，红色令人紧张也令人激悦，但在王雅看来，红色最容易令人堕落，"射入眼睛的阳光都是从红色过渡到黑色"。

日记本上的时间停止在2018年4月，这个月全是黑色的——王雅用墨炭笔写了几十页的"垃圾""烂人"，而这些黑粗潦草的字迹，直指她的父亲。

王雅的父亲在20世纪90年代靠搞土方发家，人很膨胀，吃喝嫖赌不说，还逼迫老婆离婚，很快娶了更年轻的女人。父亲只留给母女俩一套房子，王雅6岁就跟着母亲生活。后来，王雅的母亲做早点生意攒下一笔财富，又另买了一套房。

等王雅考上警校，父亲的事业已经败落，又因竞标与人约架，被挑断了一根脚筋。对方甘愿坐牢也不愿赔偿一分钱,王雅父亲闲了两年,将家底输了个精光,便打起了前妻的主意,逼迫她交出一套房子。

王雅母亲不愿跟这种烂人纠缠,认栽掏了50万,自己把房子买下来。可不出一个月,输了个精光的前夫又来扯皮,继续讨要30万。他认为当年留给王雅母女的那套房子现在市价过百万,几十万不能打发他。王雅母亲掏不出钱,吃了他两个耳光,嘴巴肿得老高,气得下不来床。

王雅得到消息就从警校回来了,她追到父亲的门上,要帮母亲出口恶气。那天,父亲家里只有17岁的同父异母的弟弟,两人争吵起来,弟弟想把她推出门。

那段时间,王雅正在警校学习擒拿格斗的课程,她退了几步忽然一个侧身,又使了个脚绊子,弟弟摔了出去。他平日里嗜甜如命,父母都惯着他,吃甜食就像吃发酵粉,身体胖得吓人。弟弟摔跤的惯性太大,从卧室一个趔趄,摔倒阳台,阳台的栏杆又不结实,焊点没打牢,弟弟就冲破栏杆,摔下楼去。幸亏是二楼,弟弟没有生命危险,但断了4根肋骨,脚踝骨折。

这起家庭纠纷案件存在私了的机会,但父亲那边狮子大开口。王雅寒了心，坚决不让母亲掏钱，于是被判刑两年。

如果没有这场意外，王雅的人生应该正朝着她预想方向顺当地走着。

她从小爱狗，对小动物特别有耐心。母亲刚离婚那阵，带着她住在乡下，再凶的狗见到她也摇尾巴。后来她考入警校当警犬驯导员，驯狗的天赋显现出来，别人带不好的狗，只要交到她手里就能带出来。

"狗的嗅觉灵敏度比人高出40倍以上，而且其鼻孔长而大，适合于分析空气中的微细气味。狗鼻子可以嗅出人的敌意和恐惧，也可以分辨人的爱心和怜悯。"

王雅对待狗的爱心，是在父亲的工地上萌发的。她5岁那年，一家人还住在工地上，父亲养了一条叫"来福"的狼狗，体形很大又护主，人见人夸。那时候王雅瘦瘦小小，一双小手总是端不住碗，常常摔碗。每当母亲拿筷子敲她的手指头，"来福"就跑来护着她。那段时间，母亲的情绪不好——父亲在外面养了小老婆，这在工地上早都不是秘密了。可母亲不敢吭声，只有拼命料理家务，期盼男人回心转意。

王雅记得清楚，父亲过36岁生日的那天，把小老婆也喊来了。那是个苗条的女人，打扮有些洋气，怀里还有个1岁多的小男孩儿。母亲这才清楚，自己没后路了。

那天，母亲还是为大家烧好一桌子的菜，每道菜里都滴进了眼泪。"来福"一直在门口叫，男孩儿受了惊吓哇哇大哭，怎么也哄不好。父亲喝了酒，听不得狗叫，又要讨小老婆欢心，提起一把菜刀，当着王雅的面宰了"来福"。

"来福"咽气的时候，还一直在王雅的怀里摇尾巴。

因为枉死的"来福"，王雅后面的人生，牵扯出了很多的"犬缘"。

从小学4年级到读警校期间，王雅和母亲统共收养过3只流浪犬，还在小区周边摆放了四五只不锈钢饭盆。每天，母亲做完早点后剩余的食物都会丢到这些饭盆里喂狗。一次，小区里的一个小孩儿被狗咬伤了，家长上门吵，母亲自掏腰包带着小孩去打狂犬疫苗。

母亲忙于生计，陪伴王雅的时间不多，但在关于狗的事情上，对她百依百顺。王雅决定当警犬驯导员时，母亲也蛮支持她。

王雅带的第一只犬是德牧,名字叫"黑豆",嗅觉灵敏,神经类型优良,适合做缉毒犬。但这只狗也有缺点,过度认主,服从性不好。它的第一任训导员考去了其他单位,王雅接手时,它不吃不喝很多天了,饿得只剩皮包骨,已被列入了淘汰犬的名单。

王雅坚持要试一试,连续半个月给黑豆配制营养餐,一遍遍地喂它鱼汤,又怕它烫嘴,就把碎鱼肉捞出来,除刺后捧在手心里喂它。有一天,黑豆枕着她的腿睡着了,人犬之间总算建立了信任;那年春节,黑豆的胃出了问题,术后便血,王雅没回家,一直陪着它。

从那之后,黑豆和王雅就成了最佳拍档。王雅喊一声"靠",黑豆闻令而动,立即贴到她的腿边坐下;王雅抚拍黑豆的前胸,喊一声"搜",黑豆立刻出动,一颗黑葡萄似的鼻头在目标区域内搜寻,嗅到目标物后立即卧下示警。

人和狗相处了1年7个月,统共出了4趟任务,破获2起毒品案件。每次黑豆都能按照训练规范,正确示警。如果王雅不出事，黑豆成为功勋犬只是时间问题。

王雅觉得，自己入狱最对不起的只有这只狗。在会见室见到饿成搓衣板的黑豆，她哭了。同学带来了半斤五香牛肉和4个大肉包，王雅亲手喂它。这些都是黑豆以前最爱的伙食，可它每月的伙食费够不上这些，王雅就要贴掉自己的生活费。

半个小时的会见时间，黑豆吃得很欢，等葛队下达会见结束的口令时，黑豆咬住了王雅的裤卷。王雅对它下达了指令，它照旧不松嘴——这是黑豆唯一一次不听从指令。王雅狠心往前走，黑豆被拖行了十几米，总算被两个女特警拽了回去。

3

没多久，集训队的犯人就知道王雅以前是驯狗的了，她再去训人，反对的声音立刻排山倒海，狱长意见箱里更是塞得满当当。

尽管葛萍很不情愿，但还是在监区的每周例会上免掉了亲手选定的集训大组长。例会结束后，她见王雅一副心事重重的样子，便找她谈话。王雅说，当不当大组长她不介意，只是放不下黑豆。

按照警队淘汰犬类的原则，黑豆要么被人买走看大门，要么关进铁笼内养老。这两条路对黑豆来讲都是死路。黑豆肯定会把自己活活饿死，它的胃本来就动过手术。

王雅恳求葛萍收养黑豆一年。领养警队的淘汰犬需要审核领养人的身份，王雅坐牢了，丧失了这个资格，她跟葛萍说，黑豆是缉查类犬，嗅觉很好，只要给它安排嗅源进行训练，就有识别违禁物品的能力。监狱每周都要大抄监，只要葛萍带着黑豆来巡查一遍就会有很大的威慑作用，犯人们谁也不敢再私藏违禁物品了。

葛萍也喜欢狗，而且王雅的提议蛮打动她——前不久，省内一家监狱曝出犯人在监舍私藏毒品，影响很坏。但这件事她没法儿拍板,第一步她要跟家人商量，毕竟家里有了小孩儿，警犬又很凶猛；第二步要跟科室打报告，携犬抄监的提案，需要狱政科审批。

葛萍先回家,想说服丈夫。丈夫是军转干部,父母也都是军人,他是泡在军旅杂志里长大的,杂志里的一个军犬的故事在他脑海中一直被深深印刻。所以,当葛萍一说起黑豆的事情,他二话不说就同意收养了。

葛萍的第二步也进行得格外顺利。当时女监刚调来一位狱政科副科长,男的,40岁,在管教岗位上待了19年。他早年从警校毕业,接了父亲的班。小时候,他父亲带着犯人去农地开荒,看管犯人的警力有限,就得靠农场的几条大狼狗。

他从警的头一年,罪犯狱外劳务制度尚未取消,经常有犯人逃跑,年轻力壮的新警要带头追捕。有次,他骑着三轮摩托参加大追捕,挎斗里就坐着一条大狼狗。他当时很害怕,因为逃跑的犯人已经用锄头敲死了两个小岗,是大狼狗给了他勇气。他将摩托车骑得飞起,驶入危险的黑夜,那双发光的狗眼,那条在风中飘甩的长舌头,一直给他壮胆。

所以,新来的男科长也很喜欢黑豆。

就这样,黑豆顺利地成了女监的缉查犬,每周的大抄监,葛萍便带它入监,交由王雅下达搜监的口令。

搜查很见效,女犯们藏起来的剩饭剩菜、私吞的劳动产品、通过外协带进来的香烟、化妆品……全被黑豆找了出来。

黑豆出了名,其他监区的管教也来借狗,王雅几乎每天都能接到"抄监"任务。在王雅出狱前,统共和黑豆配合完成了几十次抄监任务,从没出过岔子。

2019年初秋,王雅出狱后,葛萍准备把黑豆转送她。但黑豆已经吃了一年的"皇粮",每月吃掉1000多块的伙食费,长胖了10斤,算狱务工作的"编外员工"了。转送需要办审批手续,可签字的领导又出了差。

也就是在这等待的几天,王雅和黑豆都出了意外。

4

2019年9月20日,下班后葛萍去工柜取手机,屏幕上显示有五六个未接来电。因为号码是陌生的,她没在意。

等出了狱门,葛萍听见郊外的几声狗叫,忽然想到黑豆,打了个激灵,一下觉得那五六个未接来电的号码好像曾经见过——是王雅的。她出狱第一天就给葛萍打了电话,本来是想互加微信的,但近几年形成了一个不成文的规矩——狱警和刑满释放人员不得过多接触,葛萍便没存王雅的号码,也没加她的微信。

她回拨了过去,没通,再拨一次,还是没通。

王雅出狱后,先回家跟母亲见了一面,之后又回到监狱周边的招待所住了几天,等着接黑豆。十几年前,这个招待所是监狱设立的"特优会见室"。服刑表现好的已婚女犯,每月可以跟自己的丈夫在招待所"特优会见"一次,后来监管政策收紧,取消了这项会见制度。前几年,招待所主要接待一些长途跋涉的罪犯家属、刑满后一时无处落脚的女犯,偶尔也有实习女狱警工作脱不开身,就去那里见异地恋的男友。

这几年,招待所已经不对外开放,只有两三个房间还通着水电,周边已是杂草丛生。王雅在葛萍的安排下住进了招待所,主要是为了省钱,其次是为了给黑豆办交接手续时方便。

彼此拨不通电话的这天,葛萍直觉不好,要去招待所瞅一眼情况。

招待所的灯一盏都没亮,一片漆黑。看管招待所的是位70岁的老太太,脾气不太好,晚上7点钟就睡觉。这个点,她的房间一般不亮灯。但王雅的房间也黑着,葛萍觉得不对劲儿,跑到房间门口,门是敞着的,黑豆也不在屋内。

葛萍开了灯,看见窗外晾衣竿上的被子也没收。她再一次拨了王雅的电话,还是没人接,再拨,她好像听见了手机的铃声,音量微弱。循着声,她往楼下的一处荒地走去,发现了趴倒在草丛里的王雅。

王雅的面庞乌紫肿胀,人已经昏厥,葛萍赶忙喊来值班同事,开车把她送去了最近的医院。在医院熬了半宿,王雅总算脱离了生命危险,医生告诉葛萍,王雅受了电击伤,迟一步送来,性命都悬。

葛萍心想,那块荒地连根电线杆都没有,王雅怎么会被电伤?况且,黑豆呢?这些疑惑只能等王雅醒来才能解开。

葛萍陪护了整整一夜,王雅才恢复了神智,她醒后的第一声是在喊"黑豆"。

原来,王雅遇见了两个偷狗的男人。他们骑着摩托车,戴着头盔,电倒了黑豆,拖运时被王雅发现,摩托车后座上的男子用电击枪打了王雅的脸。她眩晕、疼痛,趴倒在地,还残余了一些意识,努力拨通了葛萍的号码。她的第一反应不是打120,而是救黑豆,想着谁能第一时间救下黑豆。

弄清了情况,葛萍很气恼,在医院报了警。

监狱领导也非常重视,毕竟黑豆服务过监管工作。领导立刻联络了驻监的武警中队,那边出动了5条搜捕犬,在案发现场找到了黑豆的皮毛和血迹,还有嫌疑人丢下的几枚烟头。5条搜捕犬分散追踪了好几千米,最后确定了嫌疑人的行车轨迹。

警察立案后,通过调取各个路段的监控,摸准了嫌疑人的逃窜路径,很快就抓捕了一个嫌疑人。这人36岁,"二进宫",两回都是盗窃罪,在江苏沛县开过狗肉店。案发那天,他的堂弟负责开车,他负责猎狗,随身带着一把电击枪。

不过警方虽然抓到了人,但黑豆却没找到。嫌疑人交代，黑豆太"扛电"，电了几下，不久就醒过来。车子开到半路，他们因偷狗途中伤了人，有些害怕，就把狂叫的黑豆放掉了。

嫌疑人又交代，是一个叫蔡红花的女人付了500元，提供了招待所的地址，让他们偷走黑豆。这个活儿能捞两头的好处，又拿钱又得狗，他们二话不说就来了，却没想到，作案过程中伤害了王雅。

听到"蔡红花"这个名字，葛萍气炸了——这是她管过的犯人，放出去不过两三天。

蔡红花是个"00后"，16岁因盗窃罪获刑两年半。2018年3月她成年后，从少管所转送到女监服刑，余刑只剩半年。

与她同批从少管所转来的少女犯中，有个叫章洁的，与蔡红花的关系亦师亦友。黑豆有次抄监，把章洁的几条脏内裤叼了出来，那是因为劳动任务太重，章洁一时腾不出手，积了几天的脏衣服。她恰巧是当月的卫生标兵，因为这条"臭狗"，荣誉被摘了，还扣了2分，影响了减刑需要的奖励成绩。

9月，蔡红花刑满后找人偷狗，动机很幼稚，纯粹是想帮章洁出口气,不料竟造成了这么严重的后果。

5

偷狗事件让蔡红花在看守所又关了3个月,放出来后,章洁也正巧出狱。姊妹俩碰头,章洁埋怨蔡红花,偷狗的事情她办得太丧良心了。

蔡红花不喜欢狗,小时候帮父母割稻,在田埂上被一条大狼狗扑倒,头皮被叼走了一块。现在掀开她的头发,会发现一块梨形的斑秃,这是狗咬后的伤疤。虽然见不得大狗,但从章洁嘴里听了黑豆的故事,她也悔得肠子都青了。

更令两人不安的是,王雅被电伤后,脑部神经尚未恢复,走路会失去平衡,需要坐两个月的轮椅。两个偷狗的男子被判了刑,但王雅的几万块医药费都是章洁的,还有几万块的民事赔偿,王雅大概率也拿不到手。蔡红花也须赔偿王雅2万块,这笔钱是章洁帮忙掏的。

章洁出狱后的第一桩事,就是花钱寻狗。他们全家在经历了那场家庭风暴后,各自都有反省、谅解、忏悔。得知女儿要雇宠物侦探,每天的费用好几千,父母也都支持她。

在葛萍的推动下,蔡红花和章洁取得了王雅的谅解。她们在监狱里相处的时间不长,但彼此都有印象。

此时,寻狗的费用超过了6位数,太高了。等王雅的身体稍稍康复,三姊妹自掏费用买了探测仪、夜视仪、无线传输功能监视器、红外警报器、强光手电……把寻狗侦探的必要装备都整齐了。

3人一起踏上了寻狗之旅。她们设定的时间是3个月,这段时间不管吃多少的苦头,都要全力寻找黑豆。如果到时还没结果,王雅便接受现实,蔡红花和章洁也已经全力赎错,3人回归各自的生活。

她们以招待所为起点,搜查了周边近100千米的区域。蔡红花是"鸭掌板",每天出去搜查几千米,回来时脚底板全是水泡,有时还会"中彩",满脚的泡中泡。但她是3人中行动力最强的,为了增加搜查面积,她经常独自行动，天不亮就出门，天黑了才回来。为了省钱，她们沿路住小旅馆，20块一晚、50块一晚，一个房间3个人挤。

2019年11月15日，是寻狗途中最凶险的一天。3个人现在回想起来仍旧心惊胆战。那是一个冰雪天，她们为了救一只困在水沟里的野猫，一起掉进了冰窟窿里。只有王雅会水，但她伤了这么久，体力早都不行了，可不知道是从哪儿获得了力量，硬是把蔡红花和章洁都拖上了岸，刚喘了口气，就发觉双臂已经抬不起来了。

回到住处，王雅立刻说不找了。这天距离3个月还差21天，章洁和蔡红花却要坚持到底。这趟寻狗之旅，已像朝圣一般，没有任何困难能阻拦她们。

90多个筋疲力尽的日子过去了，没有期盼的结果，但她们多了3只猫和1条狗。救助的猫狗被章洁圈养在母亲的工厂里，她在家待了一阵子，每天都去看猫喂狗。父母准备年后给她一笔钱，帮助她创业，她还没想好做什么，疫情却来了。

6

2020年5月,章洁有个开宠物医院的同学生意做不下去了,在朋友圈发了转让店铺的信息,她一下就动心了。

章洁跟父母要了30万,全部投进了宠物医院,同学继续做宠物医生,她又把蔡红花和王雅也喊来。王雅本身是驯狗的,蔡红花也决心从医生助理干起,将来考个宠物医生证。她们把医院的门头改成了"黑豆宠物医疗中心",生意渐渐好了起来。

大半年的生意做下来,3个人的朋友圈几乎把整个片区的猫狗家长都覆盖了,也进了很多流浪猫狗救助的群。第二年4月,有人在救助群里发了一条"瘸腿大狼狗扑咬3米高轮胎"的视频,视频里的狗很像黑豆,只不过它失去了一条前腿。

3人立刻给视频号发私信,确定了视频里的狗就是黑豆。视频号的主人在一条省道上发现了黑豆,当时它被车子轧断了一条腿,无助地躺在路边的草丛里。这个人是养鱼的,养了几条狗看管鱼塘,见黑豆可怜,就把它往拉鱼苗的三轮车上一放。等进了鱼塘，他找村里的兽医来看黑豆的腿，兽医说保不住了，就帮黑豆做了截肢手术。不承想，少了一条腿的黑豆运动能力依旧惊人，这人就经常拍它的视频发到网上。

重新见到黑豆，王雅泣不成声，黑豆像根弹簧似的，一次次扑进王雅的怀里。蔡红花买了五香牛肉亲手喂给黑豆，一边道歉一边下保证："我这个月的工资全给你买牛肉。"

章洁也在一旁帮腔："我这个月的工资也给你买牛肉。"

接黑豆回家时，已近傍晚，三姊妹坐在车里，车轮辗过涂金的小道，每个人都仿佛得到了一道救赎自己的光。

葛萍的很多同事都养了宠物，谁家宠物有了毛病，她就自告奋勇，开车行驶50千米带它们去黑豆宠物医疗中心。

今年，监狱搞出监罪犯创业培训，葛萍把"黑豆宠物医疗中心"的案例做成了教案。即将出监的女犯们，眼神个个迷茫，但看完了那些幻灯片，听完了黑豆和

3个女犯的故事，很多人的眼眶里都蓄满了泪。

今年6月，王雅比蔡红花先一步报考了宠物医疗的课程，需要去外省上课。一天晚上，她和蔡红花去帮章洁搬东西，3人到了章洁家楼下，发现她家那个大阳台格外漂亮。

两人正要上楼，却被章洁一把拉住了。阳台上站着章洁的父母，好像在聊着什么，各自的姿态都很紧张。章洁说："他们应该在商量离婚的事儿。"

王雅和蔡红花都没吭声。她们在楼下站了约一刻钟，看见阳台上的两个人突然拥抱在一起。

蔡红花说："你爸妈不是要散的样子。"

王雅也劝："你别多想了。"

章洁的眼泪一下子流了出来，三个姊妹也紧紧地拥抱在了一块。

有 态 度 的 阅 读

微　博	小马BOOK	抖音	小马文化	全案营销	小马青橙工作室
公众号	小马文艺	淘宝	小马过河图书自营店		
小红书	小马book	微店	小马过河图书自营店	投稿邮箱	xiaomatougao@163.com

图书在版编目（CIP）数据

教改往事 / 虫安著 . -- 北京 ：北京联合出版公司，2024.3（2025.3 重印）

ISBN 978-7-5596-7284-1

Ⅰ.①教… Ⅱ.①虫… Ⅲ.①纪实文学 – 中国 – 当代 Ⅳ.① 125

中国国家版本馆 CIP 数据核字（2023）第 235803 号

教改往事

作　　　者：虫　安
出　品　人：赵红仕
策划监制：小马 BOOK
责任编辑：李艳芬
产品经理：小　北
封面设计：人马艺术设计·储平

北京联合出版公司出版
（北京市西城区德外大街 83 号楼 9 层 100088）
北京联合天畅文化传播公司发行
定州启航印刷有限公司印刷　新华书店经销
字数 130 千字　787 毫米 ×1092 毫米　1/32　9.25 印张
2024 年 3 月第 1 版　2025 年 3 月第 2 次印刷
ISBN 978-7-5596-7284-1
定价：52.80 元

版权所有，侵权必究
未经书面许可，不得以任何方式转载、复制、翻印本书部分或全部内容。
本书若有质量问题，请与本公司图书销售中心联系调换。
电话：010-65868687　010-64258472-800